Iris Fritzsche

Bunter

Geschichteneintopf

Geschichten und Gedichte
aus sechs Jahrzehnten

Mit diesem Buch habe ich beschlossen, bereits Veröffentlichtes neu zu überarbeiten. Wer also mein Buch „Daumen drauf" kennt, wird hier mit etwas kriminalistischem Spürsinn die neue, andere Sicht auf manches entdecken. Denjenigen und auch allen, die erstmals eines meiner Bücher in den Händen halten, wünsche ich viel Lesespaß.

Eintopfbestandteile

8	Fragen
10	Der Beginn
14	Wie eine Geschichte entsteht
17	Schicksalsfahrt
22	Kleiner Helfer
25	Kinderspiele
29	Der diebische Weihnachtsmann
33	Meine Stadt
35	Der Turm
40	Der abgemagerte Wattfraß
43	Angewandte Physik
48	Autoträumereien

51	Frauentag
56	Das Handy als Spaßobjekt
59	Piepsi
62	Disco
64	Nachtgedanken 1
65	Nachtgedanken 2
69	Schlaf und Erwachen
70	Verkorkster Tagesbeginn
71	Treffpunkt Dresden
74	Kabelsalat
76	Die Kürbissuppe
81	Nur *ein* Schnäppchen !
82	Weihnachtsbäckerei
85	Mein persönlicher Weihnachtsengel

91	SF-Zeitreise-Con - Trilogie
	1. Die Anreise
	2. Unser Auftritt
	3. Abreise
100	Der Sturm
108	Ich bin ein Schmetterling
109	Utopie und Wahrheit
110	Wenn zwei sich streiten
111	Kohle-Variationen
115	Intelligenztest
120	Offener Brief an Petrus
122	Ausverkauf
126	Drei Schneeflocken
129	Karneval
134	Alien-Mann

137	Männertag
140	Das Reh mit dem Pullover
145	Gewürze – Farben – Natur
148	Geburtstagsgedanken
151	Pitti – aus den Memoiren eines Nymphensittichs
158	Ursprünge
162	Zeit
167	Die drei Pfennige
172	Spurwechsel
180	Das Bügeleisen
184	Das Glockenspiel
187	Wasser, Wein und Paprika
193	Die Glocken vom Baikalsee
198	Im Heuhotel

204 Moorgeister

206 Schreck in der Freizeit

210 Der Hot-Pott

214 Mi – au

219 Genetik

224 Urlaubsromantik

Fragen

Was ist wichtig auf dieser Welt?
        Ist es Reichtum?
       Der ist nur Schein.
       Ist es die Macht?
       Auch das kann`s nicht sein.

       Es ist unsre Zukunft
       Und ob wir die haben

Das sollten wir jeden Tag uns fragen.

Der lange steinige Weg

zum eigenen Buch

Der Beginn

Tja, wie soll ich es sagen? Eigentlich sind meine Eltern schuld! (Es sind immer die anderen, die schuld an irgend etwas sind!) Weil ich schon immer ein Stubenhocker war, ließen sie mich, sobald ich einigermaßen lesen konnte, an alle Bücher heran, die ich lesen wollte. Auch wenn ich nicht immer alles verstand, was ich da las, so merkte ich doch bald, dass einige davon meine ohnehin überschäumende Phantasie mehr anregten als andere. Ausbaden mussten das dann meine Deutschlehrer in der Schule. Immer wenn ein Aufsatz angesagt war, konnte ich mich auf dem Papier austoben und die Gedanken Purzelbäume schlagen lassen. Den Lehrern grauste davor! Deshalb wurden meine Aufsätze auch immer als letzte korrigiert, vor allem wegen ihrer Überlänge. Später versuchte ich es dann mit Gedichten. Ich fand für das jeweilige Thema auch meist recht starke Worte. Aber mitunter fielen sie auch in die Kategorie: „Reim dich oder ich fress dich" Was ich am Ende dann selber nicht so toll fand.
Also beließ ich es erst einmal dabei die Lehrer mit

meinen überlangen Schulaufsätzen zu quälen.
Später stieß ich auf ein anderes
Betätigungsfeld, oder besser gesagt gleich
mehrere davon. Jedes Mal, wenn wir
gemeinsam in den Urlaub fuhren, war mein
Schreibblock mit dabei. Täglich notierte ich
akribisch unsere Erlebnisse, Anekdoten und
was sonst noch so passierte. Ich nannte es
„meine Reisetagebücher". Sie waren eine
ideale Ergänzung zu den Urlaubsfotos. Später,
als ich schon berufstätig war, schloss ich mich
als Freizeitbeschäftigung einem SF-Club an,
für dessen Fanzin (klubeigenes Magazin) ich
Rezensionen, Gedichte und kleine Geschichten
verfasste.
Doch ich merkte selbst, dass das noch immer
nicht ganz das war, was mir ausreichend
Befriedigung gab. Meine Reisetagebücher
schrieb ich weiterhin in jedem gemeinsamen
Urlaub mit der Familie. Wenn ich danach auf
Arbeit von meinen Urlauben schwärmte,
konnte ich immer interessante Geschichten
zum Besten geben. Dabei nahm ich natürlich
meine selbst verfassten Unterlagen zu Hilfe.

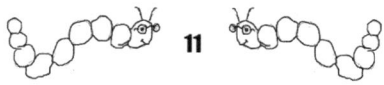

Diese wurden inzwischen immer beliebter, weil ich angefangen hatte, sie nicht nur selbst zu benutzen, sondern auch meinen Kollegen zum Lesen zu geben. Na, da hatte ich mir ja selber was eingebrockt! Zum einen freute ich mich ja, dass sie mir nach jedem Urlaub förmlich aus den Händen gerissen wurden, zum anderen aber war ich dadurch gezwungen meinen Schreibstil immer weiter zu verbessern. Außerdem musste ich mich nach dem Urlaub sputen die Tagebücher zu vervollständigen. Ansonsten nervten sie mich so lange, bis sie die Berichte in den Händen hatten. Man riet mir sogar, sie mal in irgend einer Form an die Presse zu geben. Angespornt durch die positiven Reaktionen im Kollegenkreis, versuchte ich das natürlich auch. Doch die Reaktion der Zeitung, welche ich angeschrieben hatte, war abweisend.. >Sie wollten nichts von solchen Amateurschreiberlingen wie mir wissen. Sie hätten ja ihre Profis!< Bekam ich zur Antwort. Ich war geschockt, über diese radikale Abfuhr, beschloß aber dessen ungeachtet wenigstens privat und für die Kollegen weiter zu schreiben.

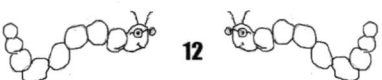

Doch dann, an einem Weihnachtsabend, kam mir der Zufall auf leisen Sohlen zu Hilfe. Während meiner regulären Arbeit als Taxifahrerin, lernte ich eine (wie ich es damals empfand) **richtige** Schriftstellerin kennen. Wir hatten eine längere Fahrstrecke vor uns und so kamen wir ins Gespräch. Dabei erzählte ich ihr auch von meinem bisherigen Weg der Schreiberei. Sie lud mich zu sich nach Hause ein und half meinem schreibwütigen Ich ein wenig auf die Sprünge, in dem sie mir einen neuen Weg aufzeigte. Sie bot mir an, an ihrem Schreibzirkel teilzunehmen. Begeistert griff ich zu.
Ich habe inzwischen entdeckt, dass mehr dazu gehört als nur eine übergroße Portion Phantasie. Aber das hält mich nicht davon ab diesen Weg weiter zu gehen. Ich schreibe jetzt am liebsten Kurzgeschichten und natürlich weitere Reisetagebücher und freue mich, wenn ich damit bei Gleichgesinnten Anerkennung finde und hoffentlich auch bei ihnen als Leser. Deshalb werde ich weiter machen.

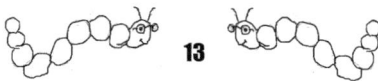

Wie eine Geschichte entsteht

Ich glaube jeder professionelle Schriftsteller würde die Hände über dem Kopf zusammenschlagen oder selbigen zumindest verwundert schütteln. Doch da ich das ja „nur" als Hobby mache, bilde ich mir ein, es so machen zu können, wie es mir gerade ein kommt. Dabei erinnere ich mich oft an ein Gemälde, welches ich in meiner Jugend gesehen hatte.. Es hieß „Der einsame Poet" oder so ähnlich. Und darauf war ein spitznasiger alter Mann abgebildet, der einsam in seiner Dachkammer hockte. Vor sich, auf dem Tisch ein Blatt Papier, ein Tintenfaß und darin eine Feder. So wollte ich nicht enden. Bei mir funktioniert das so:

    Ich höre in einem Gespräch ein merkwürdig klingendes Wort oder einen Satzfetzen. Den schreibe ich mir erst einmal auf einen Zettel. (Man weiß ja nie wann und wo man den mal wieder brauchen kann.)Bei mir zu Hause liegen schon eine ganze Menge solcher Zettel herum und warten auf Verwendung. Doch noch habe ich keine Idee, was ich damit anfangen könnte. Diese kommt spontan, meist wenn ich nicht damit gerechnet

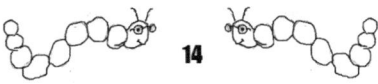

habe und zu völlig unpassender Zeit.
Manchmal abends im Bett beim Einschlafen,
manchmal aber auch auf Arbeit, aber in den
meisten Fällen gerade dann, wenn ich sie
eigentlich gar nicht brauchen kann, weil sie
nicht zu dem passt, was ich gerade tue oder zu
tun beabsichtigt.. Manchmal hab ich auch
schon eine Überschrift für eine Geschichte, die
ich gern schreiben möchte, mehr aber nicht. Es
ist auch schon vorgekommen, dass ich mitten
in der Nacht aufgestanden bin, eine Idee auf
einem beliebigen Stück Papier notiert habe,
und anschließend weiter geschlafen habe.
Morgens staunte ich dann, was mir nachts
eingefallen war. Traumgeschichten sind schon
etwas kurioses. Da geht mitunter ganz kräftig
die Fantasie mit einem durch.
Richtig, was ich habe, ist zu viel Fantasie. Die
sprudelt wie eine geschüttelte Seltersflasche
oder tobt wie ein übermütiger Clown in
meinem Kopf herum. Nur, genau wie in der
Flasche, geht auch im Kopf erst einmal alles
drunter und drüber. In Gedanken forme ich
Sätze, finde sie toll und im nächsten Moment
sind sie aus der Flasche gesprungen, der
Clown hat zum großen Radiergummi gegriffen
und schwupp sind sie weg. Es kommt aber

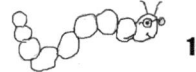 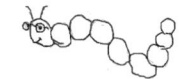

auch vor, dass ich die Idee tage-, manchmal
wochenlang herum schleppe, immer wieder
drehe, verändere und so Stück für Stück
zusammentrage. Dabei helfen mir dann auch
meine anfangs erwähnten Zettel.
Viele Ideen finde ich, wie schon anfangs
erwähnt, vor allem im alltäglichen Leben. Ich
stolpere regelrecht darüber. Stolpersteine eben.
Aber eines stelle ich immer wieder fest. Ich
kann nur schwer über etwas schreiben zu dem
ich keinen Bezug habe. Und in fast jeder
Geschichte steckt ein Teil von mir selbst. Ob
es „richtigen" Schriftstellern auch so geht? Ich
will über meine Geschichten mit den Leuten
ins Gespräch kommen, ihnen etwas zu sagen
haben. Und wenn es nur kleine eigentlich
alltägliche Dinge sind, über die ich spreche
oder besser schreibe. Mir sind sie wichtig,
auch wenn manchmal ein Schuss bissiger
Humor darin enthalten ist.
Ja und eines Tages ist es dann so weit, ich
habe alle Teile meines Geschichtenpuzzles im
Kopf zusammen. Dann muss es heraus und
aufgeschrieben werden, weil ich genau weiß,
wenn ich es *jetzt* nicht aufschreibe, ist die
Geschichte für immer verloren und kann nie
wieder *so* geschrieben werden, wie ich es in

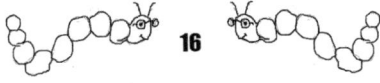

diesem Moment tue. Sonst steige ich über diesen Stein hinweg, sehe ihn nicht mehr und vergesse ihn auf ewig.

Schicksalsfahrt

Eigentlich begann der Tag gar nicht so toll. Schon in der Nacht hatte ein Migräneanfall begonnen, mich mit heftigem Schüttelfrost zu quälen. Mein Frühstück nahm dann auch gleich die Rückfahrkarte zum Ausgangspunkt und mein Kopf dröhnte, als wäre darin ein riesiger Vorschlaghammer am Werk. Doch ich hatte mir für dieses Wochenende großes vorgenommen. Und nun sollte es scheitern? Das konnte und durfte nicht sein. Mit einigen Kopfschmerztabletten und reichlich Kaffee kämpfte ich dagegen an. Eine knappe Stunde später ging ich als Sieger aus diesem Kampf. Noch etwas angeschlagen zwar, aber abreise bereit. Mein Tagesziel war Leipzig, genauer gesagt die dortige Buchmesse .Ich hatte mir vorgenommen dort einen Verlag zu finden, bei dem ich ein paar meiner fertigen

Alltagsgeschichten, vielleicht in einer
Anthologie, unterbringen konnte. Zu diesem
Zweck hatte ich auch einige Leseproben
vorbereitet und fein säuberlich verpackt.
Ich stieg in mein kleines altes Auto, welches
mich ans gewünschte Ziel bringen sollte. In
Leipzig angekommen, reihte ich mich in die
Schar der einen Parkplatz suchenden
Autofahrer ein und schon nach knapp 20 min.
stand ich nahe am Veranstaltungsort. Mit
mächtigem Herzklopfen griff ich meine
Tasche mit den Leseproben, atmete tief durch
und marschierte Richtung Eingang. Um mich
herum sah ich viele wunderlich gekleidete
Gestalten mit seltsamen Utensilien in die
gleiche Richtung laufen. Darauf konnte ich
mir nur den Reim machen, es wären wohl Fans
von verschiedenen Comics, die auf diese
Weise Zusammengehörigkeit zeigen wollten.
Originell war es allemal. Wie ich später erfuhr,
steckte aber mehr dahinter, nämlich so etwas
wie ein Theatergruppenwettbewerb, bei dem
es am Ende sogar Preise für die
Laienschauspieler gab. So hatte halt jeder
seine ganz speziellen Gründe die Buchmesse
zu besuchen.
Nach dem ich im Inneren der Messehallen

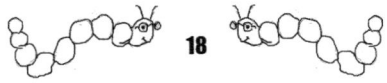

angelangt war, musste ich anhand des Katalogs für mich eine Auswahl treffen, wohin ich gehen wollte, um einen Verlag für mich zu finden. Das war gar nicht so einfach bei der riesigen Menge an anwesenden Verlagen. Schließlich hatten ja alle ihre speziellen Verlagsprofile und nicht überall würden meine Geschichten dazu passen. Nach dem ich mich einige Zeit umgesehen hatte, fasste ich mir ein Herz und sprach einige Leute direkt an. Das kostete ganz schön Überwindung, hatte ich doch so etwas noch nie zuvor gemacht. Ich wollte ja nicht gleich in irgend ein Fettnäpfchen trampeln oder mich gar lächerlich machen. Nach drei bis vier Versuchen wurde ich etwas sicherer und wusste auch schon genauer wie ich meine Fragen richtig formulieren musste, um mein Anliegen vorzutragen. Trotzdem hatte ich nicht immer Glück. Manche sagten es offen, manche versteckt, aber im Ergebnis kam immer heraus:bei uns nicht! Meine Ohren hingen schon ganz schön herab, bildlich gesprochen ähnelten sie immer mehr Dackelohren. Doch noch dachte ich nicht ans Aufgeben! Und das war wohl auch gut so. Zuerst geriet ich an einige, die meine

Leseproben zwar nahmen, aber auf Anfrage auch gleich eine erhebliche Kostenbeteiligung für den Druck nannten. Das war es eigentlich nicht, was ich mir vorgestellt hatte. Ich suchte also weiter. Dann traf ich mehr oder weniger durch Zufall doch noch auf einen zwar kleinen aber auch in Kostenfragen wesentlich moderateren Verlag. Mit der dort persönlich anwesenden Verlagsleiterin führte ich ein ausgiebiges Gespräch, welches mit Mut für eine Zusammenarbeit mit ihr machte. Natürlich bekam auch sie eine Mappe mit Leseproben von mir. Nun müssen Zeit und Schicksal ihre Würfel werfen. Dann erst werde ich sehen, ob ich wirklich erfolgreich war. Aber ich habe ein gutes Gefühl bei der Sache.

Schöne unbeschwerte Kinderzeit

Kleiner Helfer

Helfen ist eine Frage der Erziehung, sagt man immer und da ist sicher etwas dran. Kinder wollen schon von sich aus helfen. Sei es um der Mutti oder dem Vati eine Freude zu machen oder weil das Kind sich irgend eine Form der Belohnung davon verspricht, ein Eis, ein neues Spielzeug oder einfach nur ein dickes Lob. Lob spornt überhaupt gewaltig an, nicht nur Kinder, die aber besonders. Welches Kind möchte nicht gern gelobt werden, der Liebling der Familie sein? Auch als ich noch ein Kind war, war das auch schon so. Dabei kamen aber manchmal die wunderlichsten Sachen heraus, wie zum Beispiel in der folgenden Geschichte:
Wir wohnten damals in einer kleineren Stadt in der Oberlausitz und hatten gleich hinter dem Haus einen Garten. Dort wuchsen Obst und Gemüse für den Eigenbedarf nebst vielen Blumen. Die stellte Mutti immer in die große Wohnzimmervase, damit sie sich daran erfreuen konnte und weil sie gut rochen. (Sagte sie jedenfalls immer.) Nun ging es wieder einmal aufs Wochenende zu und ich hörte wie sie sagte, das sie Erbseneintopf mit

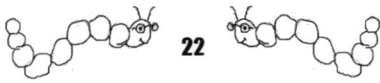

frischem Gemüse aus dem Garten kochen wollte. Hmm! Den aß ich immer gern. Dazu aber brauchte sie unter anderem die im Garten angebauten Erbsen. Hilfsbereit wie ich nun einmal war, bot ich an diese für sie pflücken zu gehen. Darüber war sie sehr erfreut, konnte sie doch diese Zeit mit anderen Küchenarbeiten füllen. Außerdem war sie wohl der Meinung, dass ich dabei nichts falsch machen könne.

So trippelte ich also auf meinen kleinen Beinchen in Richtung Garten. Dazu muss ich noch anmerken, das ich zu diesem Zeitpunkt knappe vier Jahre alt war und schon öfters selbständig Gemüse aus dem Garten hatte holen dürfen..Für die zu pflückenden Erbsen nahm ich mein Spieleimerchen mit. Darin wollte ich sie transportieren. Ich pflückte also vorsichtig Schote für Schote. Bald schon merkte ich, dass sie gar nicht alle in den kleinen Eimer hinein passen wollten. Da ich schon öfters zugeschaut hatte, wie Mutti die Erbsen aus ihrer Schale herausgepult hatte, wusste ich, dass sie dann viel besser in den Eimer passen würden. Deshalb setzte ich mich also gleich im Garten an den Tisch, zog an den Fäden der Schote und klaubte die Kullererbsen

mit meinen kleinen Fingern aus den Hülsen. Das dauerte natürlich seine Zeit. Aber Mutti hatte sowieso nicht mit einer schnellen Rückkehr meinerseits gerechnet. Endlich hatte ich alle Erbsen ausgepult und der Eimer war auch ziemlich voll.
Ich wollte schon zurück gehen, als mir etwas einfiel. Wenn Mutti Eintopf kochte, musste doch auch immer Fleisch drin sein! Davon hatte ich aber in der Küche nichts gesehen. Nach kurzem Überlegen kam ich auf eine, wie ich meinte, tolle Idee. Fleisch hatten wir doch **auch** im Garten! Und sogar ganz frisch, weil noch lebendig. Schnell sammelte ich von den Beeten ein paar von den großen fetten Nacktschnecken. Da ich aber dafür nun kein Gefäß mehr frei hatte, stopfte ich sie einfach in die Hosentasche. Nun war das Mittagessen komplett! Ich lief so schnell ich konnte zum Haus und in die Küche. Über die bereits gesäuberten Erbsen freute sich Mutti sehr. Dafür bekam ich auch ein dickes Lob. Doch als ich dann auch noch die Schnecken mit den Worten „ Und hier ist das Fleisch für die Suppe." auf den Tisch packte, war es vorbei mit der Begeisterung. Ihrer Kehle entfleuchte ein durchdringender Schrei des Entsetzens.

Dieser wiederum rief meinen Vater auf den Plan. Nach dem er die Ursache für Muttis Gekreische entdeckt hatte, schimpfte er nicht etwa, sondern sammelte alle Schnecken seelenruhig wieder ein und brachte sie zurück ins Freie. Auf seinem Gesicht hatte er dabei ein breites Grinsen ."Ei, was hab ich doch für ein pfiffiges Kind!" hörte ich ihn anschließend sagen. Das war das größte Lob, welches Papa an diesem Tag aussprach.

Kinderspiele

So verschieden wie die Gegend in der Kinder aufwachsen, sind mitunter auch ihre Spiele. Doch gibt es auch welche, die von Stadtkindern ebenso gern gespielt werden, wie von denen auf dem Land. Damit meine ich zum Beispiel das gute alte Backen von Sandkuchen. Da sind alle begeistert, besonders die Eltern. Na ja, in der heutigen Zeit, wo Hygiene bis zur totalen Vernichtung aller Bakterien praktiziert wird, vielleicht nicht

mehr. Wagen wir also einen Rückblick. Erinnern sie sich noch mal an die Zeit, in der sie selbst Sandkuchen gebacken haben? Heutzutage haben die Kinder Förmchen aus Plastik mit ganz tollen Motiven. Aber als wir heutigen Erwachsenen jung waren, brauchten wir die nicht unbedingt. Gab es da überhaupt Plasteförmchen? Ich kann mich gar nicht so genau erinnern .Meiner Meinung nach waren sie aus Metall. Es gab aber auf alle Fälle, wie auch noch heute, kleine Eimerchen und Schippchen. Besonders die Schippchen waren beim Sandkastenbesuch unverzichtbar! Der Sand wurde damit in den Eimer befördert. War der voll, wurde fest geklopft und anschließend das Ganze umgestülpt. Fertig war der Napfkuchen. Besonders Begabte schnitten dann noch mit der Spitze der Schaufel Muster hinein. Anschließend wurde feiner Sand gesiebt und als Zuckerguss oder Puderzucker über dem Sandkuchen verteilt. Spielerisch wurde er anschließend natürlich auch „aufgegessen". Wobei manche Hand voll Sand wirklich im Mund landete. Pui, hat das mitunter geknirscht! Mit anschließendem großen Spucken und auswischen des Mundes am Ärmel. Ich sehe schon die entsetzten

Blicke heutiger Jungeltern! Aber wie heißt es so schön in einem Lied: > Hurra, wir leben noch!< Meine Oma pflegte dann immer zu sagen:"Dreck reinigt den Magen!" Stimmt sicher so nicht, aber als Kind war mir das egal.

In diesem Zusammenhang fällt mir immer mein alter Buddelkastenfreund Jürgen ein. Ich muss damals so etwa vier Jahre alt gewesen sein. Wie schon oft zuvor, hatten wir das alte Spiel „Mutter, Vater, Kind" gespielt. Vater ging auf „Arbeit" (auf der anderen Seite des Buddelkastens. Das imaginäre Kind war im Kindergarten.) Ich als Mutter hatte die Aufgabe Essen zu kochen, wie es halt damals auch in der Welt der Erwachsenen üblich war. Natürlich aus dem Sand des Buddelkastens. Es gab neben dem obligatorischen Kuchen auch noch „Schnitzel mit Gemüse". Das Schnitzel war ja noch recht einfach. Dazu musste der Sand einfach nur in die entsprechende Form gebracht und platt geklopft werden. Die Beilage war schon schwieriger. Doch da fiel mir unser Garten ein, aus dem ich frische Zuckererbsen holen konnte. Es waren ja nur ein paar Schritte vom Buddelkasten bis zur Gartentür.. So weit lief auch alles nach dem üblichen Spielschema. Und die Erbsen konnte man ja sogar *richtig* essen Doch dann wollte er

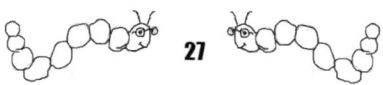

plötzlich auch noch *richtigen* Schnittlauch
über sein „Schnitzel". So etwas hatten wir aber
nicht im Garten. Aber ich hatte eine Idee.
Unweit vom Buddelkasten führte eine Treppe
hinunter zum Waschhaus. Unten, am Fuß der
Treppe, wuchs in einer muffigen Mauerecke
etwas das aussah wie Schnittlauch.. Ich
schickte also den Vater Jürgen die Treppe
hinunter, mit dem Auftrag den Schnittlauch zu
ernten. Erst war er ja ein wenig skeptisch.
Doch als ich ihm unter heftigem Kopfnicken
versicherte, das es sich wirklich um
Schnittlauch handelt, stieg er hinab. Im Spiel
ist schließlich alles richtig und erlaubt. Aber
dann bestand er auf einmal darauf, gleich vor
Ort zu kosten Na gut, dachte ich so bei mir,
soll er halt kosten. Und wirklich pflückte er
einige Halme ab und steckte sie in dem Mund.
Kaute gründlich darauf herum... und befand,
dass das Schnittlauch sein. Auch wenn er
nicht so scharf war wie der, den er sonst
kannte. Na und, es war „Schnittlauch"
Punktum.
Zu Hause erzählte die alte Petze natürlich
seiner Mutter von unserem Spiel und der
milden Schnittlauchsorte, die ich für ihn
entdeckt hatte. Sie wusste natürlich, dass es
kein echter Schnittlauch war, sondern nur eine

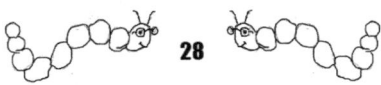

Grasart, die Ähnlichkeit damit hatte. Worauf sie ganz empört zu meiner Mutter gelaufen kam und sich darüber beschweren wollte, was ich ihrer Meinung nach mit ihrem Liebling ungezogenes getan hatte. Doch ich hatte Glück, es war nur Oma da. Und was die zu dem Thema meinte, habe ich ja schon zu vor erwähnt.

Der diebische Weihnachtsmann

Es war zu tiefsten DDR-Zeiten. Wir schrieben das Jahr 1981. Unsere junge Familie wohnte mit 2 Kindern und Oma in einer schönen 4 – Zimmer – Neubauwohnung. In unserem Haus lebten viele Kinder. Und wir Eltern waren auch alle in einem ähnlichen Alter, wo man noch gemeinsam jung ist. Mit der Familie, die unter uns wohnte, verstanden wir uns besonders gut. Deshalb wurden auch viele Feste gemeinsam gefeiert. So auch das Weihnachtsfest. Genauer gesagt, fand die Bescherung für die Kinder beider Familien gemeinsam statt. So konnte ein Weihnachtsmann eingespart werden.

Da der Weihnachtsmann immer von einer Person aus einer der beiden Familien gestellt wurde, musste natürlich die jeweilige Person rechtzeitig vor Beginn der Bescherung unter einem Vorwand verschwinden, um sich zu verkleiden. In jenem Jahr war nun meine Mutter, also unsere Oma, dran. Es klappte auch zunächst alles ganz prima. Mit einer glaubhaften Begründung verschwand Oma aus dem Zimmer. Die Kerzen wurden angezündet, das Zimmer abgedunkelt. Gemeinsam sangen wir Weihnachtslieder, um uns die Zeit bis zum großen Höhepunkt zu vertreiben. Fernsehen war zu dieser Zeit noch nicht als Ablenkung angesagt.
Dann war es so weit. Es klingelte. Einer von uns Erwachsenen ging und öffnete die Tür. Der Weihnachtsmann kam mit seinem großen schweren Sack hereingepoltert. Er stellte sich neben den
Weihnachtsbaum. Die Kinder wurden einzeln nach vorn gerufen, sagten brav ihr Gedicht oder sangen ein Lied. Dann folgte eine Strafpredigt des Weihnachtsmanns für im Jahr verzapfte Missetaten (Was der Weihnachtsmann so alles wusste!!!) Und nach dem das Kind Besserung gelobt hatte, erhielt

es sein Geschenk und durfte zurück auf seinen Platz. Nach dem alle Kinder durch waren, kamen natürlich auch noch wir Erwachsenen dran.
Irgendwann war der Sack dann leer und der Weihnachtsmann stapfte, seine Rute schwenkend, wieder zur Tür hinaus. Das Licht ging wieder an und nun erst durften die Kinder ihre Geschenke auspacken. Und auch Oma tauchte wieder auf. Natürlich traurig darüber, den Weihnachtsmann verpasst zu haben. Plötzlich stand meine vierjährige Tochter auf. Sie stellte sich vor ihre Oma, stemmte ihre Ärmchen in die Hüften und sah von oben nach unten mehrmals an ihr hinauf und herab. Auf die Frage, was das denn werden solle, antwortete sie in ganz empörten Ton: „ Stell dir vor Oma, der Weihnachtsmann hatte **deine** Hausschuhe angezogen als du weg warst!" Wir guckten uns alle ziemlich bedröppelt an. Hatten wir doch extra alles abgedunkelt, damit die Kinder nichts merken. Aber dieser kleine Pfiffikus hatte den Fauxpas mit den Hausschuhen trotzdem bemerkt!

Der ganz normale Alltag,
seine Tücken, Besonderheiten und
Schmunzelmomente

Meine Stadt

Wenn ich es richtig bedenke, haben meine Stadt und ein Mensch viel gemeinsam. Als ich 1961 hier her kam, war die Stadt noch jung, sehr jung. Das Herz der Stadt schlug noch in der heutigen Altstadt. Die Neustadt war eben dem Baby-Stadium entwachsen und bestand aus gerade mal 2 Wohngebieten mit allen lebensnotwendigen Dingen wie Kaufhalle, Schule und Kindergarten.
So wie ich selber heran wuchs, wuchs auch meine Stadt. Es kamen immer neue Wohngebiete hinzu und stellen weise rückten die Häuserzeilen noch enger aneinander, um *noch* mehr Menschen eine Heimstatt zu geben. Dann wurden die Hochhäuser gebaut. Welch ein riesiger technischer und baulicher Fortschritt. Aber immer noch war die Stadt mehr oder weniger nur Schlafstätte für die vielen vielen Arbeiter des großen Kohlekombinates in Schwarze Pumpe und Lernstätte für uns Junge.
Damit auch kulturelles Leben, was ja so etwas wie die Seele einer Stadt ist, einzieht, entstanden Kulturelle Zentren, ein Kulturhaus

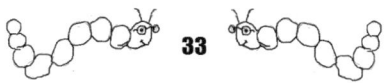

und später sogar ein Kulturpalast. Der Puls der Stadt schlug nun in der Neustadt und er wurde immer kräftiger und lauter.. So wie die Stadt, wuchs auch ich heran. Und wir wurden beide erwachsen.

Dann passierte etwas, was man bei einem Menschen einen Herzinfarkt nennen würde. In der Politik nannte man es *die Wende*. Das war für die Stadt gar nicht gut. Und aus Angst von der Krankheit der Stadt angesteckt zu werden, wurde sie von vielen verlassen. Nun kränkelte sie erst recht. Es ist wie mit einem Patienten, dem immer mehr Lebenssaft abgezapft wird. Der Mensch wird schwach, bekommt Falten und Runzeln und verfällt zusehends. Die Stadt bekommt *Wohnungsleerstand* und *leere Fenster*. Das Kinderlachen wurde immer weniger.

Wenn Menschen ihre unschönen Stellen beseitigen wollen, gehen sie zum Schönheitschirurgen, in die Stadt kommen „Stadtplaner". Die greifen dann auch gleich zu radikalen Maßnahmen. Häuser werden abgerissen, ganze Straßenzeilen dem Erdboden gleich gemacht. Hässliche Löcher entstehen. Um die zu beseitigen, wird weiter abgerissen. Die Stadt ächzt, stöhnt und schrumpft. Aber am Ende wird sie auferstehen wie Phönix aus der Asche, nur eben nicht so gewaltig, aber gesund. Das ist meine große Hoffnung.

Der Turm

Schuld an alles haben die Turmfalken! Schon seit Jahren beobachte ich ihr Treiben in dem alten Wasserturm. Es ist wirklich interessant ihnen zuzusehen. Im Frühjahr fliegen sie durch das runde defekte Fenster der großen eisernen Turmkugel ein und aus und sammeln Futter für ihre Jungen. Etwas später kann man dann die ersten Flugversuche der jungen Falken beobachten. Atemlos von den Anstrengungen landen sie auf der Plattform vor dem Fenster oder auf dem darüber liegenden umlaufenden Geländer. Von dort oben hört man dann ihre lauten Rufe nach Futter und Anerkennung durch die Alttiere. Sie wachsen heran und ich beobachte sie. So geht das Jahr für Jahr. Die Falken jagen um den Turm und lassen ihre schrillen Schreie ertönen. Immer wieder schaue ich zu ihnen hinauf. Dabei sehe ich

natürlich auch ihr Zuhause, den alten
Wasserturm. Trutzig steht er im Vorfeld des
Bahnhofs. Alt ist er und schon arg vom Zahn
der Zeit benagt. Doch wie alt? Und warum
steht er gerade dort? Diese Fragen schießen
mir unwillkürlich in den Kopf. Und weil mir
diese keine Ruhe ließen, wollte ich es genau
wissen. Doch wo bekomme ich meine
Antworten? Just in diesem Moment griff der
Zufall ein. Ich traf meinen alten
Geschichtslehrer. Der war nach seiner
Lehrerzeit Chef des Schloßmuseums
geworden. Also genau der richtige für
Antworten auf meine Fragen. Da wir uns noch
immer gut verstanden, sprach ich ihn an und
stellte meine Fragen. Er selber konnte sie mir
leider nicht beantworten, doch von ihm kam
ein entscheidender Tipp. Das Stadtarchiv! Das
war eine gute Idee. Dort hinein kam man
allerdings nicht so ohne weiteres. Dank der
Fürsprache meines Lehrers erhielt ich aber die
Genehmigung mich dort umzusehen. Am
vereinbarten Tag meldete ich mich im
Stadtarchiv. Die Archivarin hatte bereits einige
alte Dokumente zum Thema Wasserturm
herausgesucht. Größtenteils waren es
handschriftliche Rechnungen,

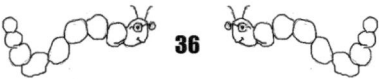

Baugenehmigungen und Schriftverkehr zwischen Ämtern. Aber oh Schreck, alle waren in altdeutscher Schrift verfasst! In Gedanken bedankte ich mich bei meiner Mutter. Sie hatte mir ein wenig beigebracht diese Schrift zu lesen. Trotzdem war es eine mühselige Sache, die mich interessierenden Fakten in den Dokumenten zu finden. Ich brauchte dafür viele Stunden und mehrere Besuche im Archiv. Doch letztendlich gelang es mir, etwas Licht in die Geschichte dieses einen Bauwerks zu bringen und einige Antworten zu finden. Und diese Geschichte innerhalb der Geschichte meiner Stadt, ist nicht weniger spannend als die Beobachtungen der derzeitigen Turmbewohner.

      Begonnen hat alles im Jahr 1908. Hoyerswerda war zu dieser Zeit eine kleine aber aufstrebende Kreisstadt , anders als heute, doch in vielem so ähnlich. Eigentlich ist die Geschichte eine einzige Spirale, die sich nur immer auf eine andere Ebene hoch schraubt. Damals, zu Beginn der Stadtentwicklung, hatten noch nicht einmal alle Haushalte einen Anschluss an die städtische Trinkwasserleitung. Viele holten sich ihr Wasser noch aus eigenen Brunnen. Aber auch

diejenigen, die schon an die Trinkwasserleitung angeschlossen waren, klagten. Besonders in den Sommern reichte der Wasserdruck mitunter nicht aus, um alle ausreichend zu versorgen. Die Leute schrieben Eingaben an den Magistrat ihrer Stadt, um eine Verbesserung zu erreichen. Doch nicht nur die Privatleute hatten so ihre Probleme mit und wegen dem kühlen Naß. Genau wie heute wieder, versuchte auch damals die Stadt gerade die Wirtschaft in der und für die Stadt anzukurbeln. Eine wichtige Rolle spielte dabei zu jener Zeit die Eisenbahngesellschaft. Diese wollte eine Reparaturwerkstatt für ihre Lokomotiven und Waggons aufbauen. Doch auch dazu war Wasser notwendig. Und da gemeinsame Interessen eine Aktion sehr beflügeln können, ging es nun in die Offensive. Geologische Untersuchungen wurden ebenso durchgeführt wie Probebohrungen, ja sogar vom Einsatz eines Wünschelrutengängers ist in den alten Dokumenten die Rede. Wobei natürlich letztendlich die wissenschaftlichen Methoden die besseren Ergebnissen lieferten. So wurde schließlich der Bau eines Wasserhebewerkes beschlossen. So ein Wasserturm wie mein alter

Freund vom Bahnhof, war nur ein Teil des gesamten Projekts gewesen. Dazu gehörte auch eine generellen Erneuerung des Trinkwassernetzes, Brunnenbohrungen, ein Hebewerk, sowie mindestens ein weiterer Wasserturm. All diese spannenden Erkenntnisse konnte ich durch das Studium der alten Unterlagen gewinnen.

    Natürlich verlief weder die Planungs- noch die Bauphase problemlos. Wie immer ging es dabei auch ums liebe Geld und um Prestige. Doch letztendlich wurden Hebewerk und Turm gebaut, zum Wohle der Stadt und zum Nutzen der Eisenbahngesellschaft. Mein Turm, der heutzutage alt und fast vergessen, als Relikt einer anderen Zeit, am altstädter Busbahnhof steht, diente vorrangig zum Erhöhen des Wasserdrucks für den Bahnbereich, sprich die Reparaturwerkstatt und die Versorgung der Dampfloks. So tat er über viele viele Jahre unermütlich seinen Dienst. Doch eines Tages hatte er ausgedient. Leider weiß ich nicht, wann das geschah. Dazu fand ich keine Angaben in den Dokumenten, die ich einsehen durfte. Vermutlich stand es im Zusammenhang mit der Weiterentwicklung von Stadt und Eisenbahnverkehr in den 1960er

Jahren. Dann jedoch begann sein unaufhaltsamer Verfall. Und nach dem die runden Bullaugenfenster der Kuppel geborsten waren, zog neues Leben in den Turm, Spatzen, Tauben und auch die Falken..Die Vögel, die mich dazu inspiriert hatten, mir einmal ein paar Gedanken über den alten Turm zu machen. Sie gaben ihm einen neuen Lebensinhalt und eine Bestätigung das er auch heute noch einen nützlichen Beitrag zum Beispiel als Heimstatt für die Falken leisten kann.. Und 2008 wurde er 100, wenn das kein Grund zum Feiern ist! Happy Birthday, Wasserturm!

Der abgemagerte Wattfraß

Neulich saß ich so auf dem Sofa, auf dem Tisch stand eine Kerze und im Radio lief eine Diskussionsrunde. Eigentlich hatte ich ja Musik hören wollen. Doch dann lauschte ich doch mal in die Diskussion rein. Es ging dabei

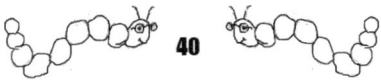

um Energie sparen und sinnvoll einsetzen usw.
Darüber wird in letzter Zeit ja ziemlich oft
diskutiert. Besonders im Zusammenhang mit
einem weiteren sehr aktuellen Begriff
>erneuerbare Energie< heißt er. Nun kann man
ja Energie nicht wirklich erneuern, so wie
Reifen aufgearbeitet werden. In der Schule
haben wir gelernt, dass es nur möglich ist eine
Energieform in eine andere umzuwandeln.
Zum Beispiel mechanische in chemische oder
elektrische. Vielleicht ist damit etwas
ähnliches gemeint? Eine, ich nenne es mal
>Mehrfachumwandlung< oder auch
>Umwandlungskreislauf<. Das trifft es
möglicherweise genauer. Wie ich noch darüber
grüble, fällt mir aus heiterem Himmel
plötzlich das Wort „Wattfraß" ein. Moment
mal, dachte ich so bei mir. Irgend woher
kennst du doch dieses Wort? Das hatte doch
auch etwas mit dem Thema Strom zu tun.
Richtig! Von dem Kerlchen hatte ich schon in
Kindertagen gehört. Das war doch so ein
kleines Teufelchen der besonderen Sorte!
Wenn ich mich an das Bild von ihm erinnere,
fallen mir auch wieder Einzelheiten ein. Er
hatte am Schwanz einen Stecker (wie bei
unserer Verlängerungsschnur) genau an der

Stelle, wo andere Teufelchen ihre
Schwanzquaste haben. Und mit den Hörnern
war doch auch noch etwas? Ich glaube, die
sahen aus wie angespitzte Isolatoren von den
Stromleitungen. Seine Aufgabe war es
Stromverschwender und – verschwendungen
aufzuspüren. Vielleicht sollte man das
Kerlchen wieder als Maskottchen einführen,
wiederbeleben. reanimieren ...oder ähnliches.
Ich glaube, der würde sogar in unserer Stadt,
die ja nun wirklich schon sehr stromsparend
denkt, noch einige Schmeckerchen finden. Ich
denke da zum Beispiel an die ganzen
Hochhäuser, die noch vorhanden sind. Jeweils
auf der Fahrstuhletage brennt in den Gängen
die ganze Nacht das Licht. Bei mir würde
Wattfraß auf Schmalkost gesetzt werden in
dem ich dort Bewegungssensoren anbringen
würde. Dann ginge das Licht nur an, wenn es
wirklich benötigt wird. Und die Sensoren
könnte man recht gut aus den eingesparten
Stromkosten bezahlen. Denke ich jedenfalls so
bei mir. Tja Wattfraß, dann würden für dich in
dieser Stadt wirklich harte Zeiten anbrechen.
Und warum nur in unserer Stadt? Sicher ließe
sich das auf viele weitere Städte erweitern.
Und wenn die Vermieter dich nicht mehr mit

unserem Strom durchfüttern, wäre das auch für unsere Portmonees gut! Was sicher in den heutigen Zeiten, wo Energiefragen wieder häufig diskutiert werden und vor allem wenn es um die Kosten geht, im ganzen Land von großem Vorteil sein könnte.

Angewandte Physik

Verdunstung...ist ein Vorgang, bei dem mittels Hitze eine Flüssigkeitsmenge um einen bestimmten Betrag verringert wird. So oder ähnlich ist es sicher in Nachschlagewerken und Physikbüchern zu finden. Doch es gibt noch andere Verdunstungsformen. Ich meine weder Schweiß, noch die sehr oft von Jugendliche angewandte Form „verdunste von hier sonst setzt `s was.." Mir schwebt da eher eine von früher her bekannte Form der **Kaltverdunstung** vor. Was? Unbekannt? Dann wollen wir das mal ganz schnell ändern: Mir begegnete diese Verdunstungsform in den 60er Jahren bei uns zu Hause. Mein Vater arbeitete im Bergbau und erhielt pro Monat eine festgesetzte Zuteilungsmenge einer Schnapssorte, die in Bergarbeiterkreisen „Kumpeltod" genannt wurde. Genauer gesagt erhielt er die dafür nötigen Zuteilungsmarken. Die sahen ähnlich aus wie die Lebensmittelmarken, von denen meine Oma immer erzählte. Mit diesen Marken konnte man also in eine bestimmte Kaufhalle in der Nähe gehen und gegen Abgabe erhielt man eine auf den Abschnitten angegebene Anzahl Halbliterflaschen mit einer farblosen Flüssigkeit. Das Zeug roch so in Richtung Wodka und war vielseitig verwendbar. Mein Vater machte daraus zumeist Eierlikör. Wie das genau funktionierte wusste ich zwar nicht, nur eben das er dazu Eier, Zucker und eben jenen Kumpeltod verwendete. Bei der Zubereitung wollte er nämlich immer alleine in der Küche sein. Ich lauschte häufig an der geschlossenen Tür. Manchmal hörte ich es klirren und poltern. Vater schimpfte vor sich hin. Dann gluckerte es mal wieder. Was er aber im Einzelnen tat, war so nicht herauszubekommen. Er musste dabei aber immer eine furchtbare Verwüstung in der Küche anrichten, denn Mutter schimpfte

hinterher lautstark über den „Saustall",den er dabei anrichtete. Aber da auch sie gern Eierlikör trank, akzeptierte sie eben auch die Herstellungsmethode.
Wenn Vater mit der Herstellung fertig war, füllte er das Ergebnis jedenfalls immer in die verschiedensten Flaschen ab (Meist verwendete er auch die, nun leeren, Kumpeltod-Flaschen.). Diese wanderten dann, um den Likör noch etwas „reifen zu lassen", verschlossen in den Kühlschrank.
Normalerweise sollte er dort auch mindestens zwei bis drei Tage verbleiben. So war es angedacht. Ich kannte das leider nur als Theorie, da ich für praktische Tests zu diesem Zeitpunkt noch zu jung war, wie mein Vater immer wieder gern beteuerte.
Nun ergab es sich, dass ab und an unsere Oma, also Mutters Mutter zu Besuch bei uns aufkreuzte. Seltsamerweise meist zu dem Zeitpunkt, da mein Vater wieder eine neue Charge Eierlikör zubereitete. Das fiel mir aber damals gar nicht so auf, jung und naiv wie ich war. Ich bemerkte nur, das Vater dann immer etwas nervös reagierte.
Und so kam, was kommen musste.Wieder einmal hatte er also Eierlikör gemacht und in

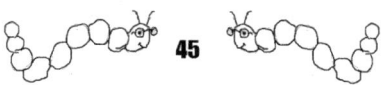

den Kühlschrank befördert. Und Oma war auf Besuch eingetroffen. Am nächsten Morgen und am Tag danach und an den weiteren Tagen warf er nun immer wieder einen prüfenden Blick auf die fertigen Flaschen im Kühlschrank. Dabei brabbelte dann irgendetwas vor sich hin. Bis er eines Tages einen Rotstift ergriff und einen Strich an die Flaschen machte. Ich verstand aber nicht den Sinn für dieses Tun. Vater sagte auf meine Frage, es sei ein Experiment. Am nächsten Morgen führte ihn sein erster Weg, noch im Schlafanzug, gleich zur gekennzeichneten Flaschen. Er nahm sie heraus und stellte sie auf den Tisch. Es war deutlich zu erkennen, das der Füllstand weit unter dem Strich lag. Wie ein echter Detektiv befragte er nun der Reihe nach alle am Tisch sitzenden Personen zu dieser Tatsache. Doch keiner konnte es sich erklären. Nur Oma murmelte was von „möglicherweise verdunstet..." Das erschien Vater doch mehr als unwahrscheinlich. Es widersprach sämtlichen physikalischen Gesetzen, dass eine Flüssigkeit in einer verschlossenen Flasche im Kühlschrank praktisch über Nacht so stark verdunsten konnte.

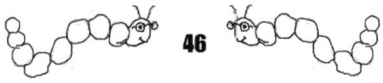

Deshalb legte er sich in der nächsten Nacht auf die Lauer. Und er brauchte auch gar nicht lange zu warten bis die „Verdunstung" einsetzte. Sie schlich nämlich in Form von Oma heran! Zur Rede gestellt, musste sie es schließlich zähneknirschend zugeben. Sie war **jede Nacht** zum Kühlschrank geschlichen, angeblich **weil sie nicht schlafen konnte** und **das Zeug so gut schmeckt,** wie sie sagte. Über das Naschen war Vater jedenfalls weniger böse als über die Tatsache das Oma geschwindelt hatte. Nach dem er sie wegen ihrer Schwindelei tüchtig ausgeschimpft hatte, schenkte er sogar eine **ganze** Flasche. Betonte aber mit erhobenem Zeigefinger das so etwas **nie wieder** vorkommen dürfe. Was Oma reuig versprach.

Tja, so hatte sich das seltsame Rätsel der Verdunstung auf ganz einfache Art und Weise lösen lassen. Kein Wunder der Physik, sondern nur eine etwas naschhafte alte Frau!

Autoträumereien

Ach ja, lang lang ist es her. Es muss so um 1980 herum gewesen sein. Meine Fahrerlaubnis hatte ich ja schon lange. Aber bis zu diesem Tag haben wir immer das Auto von den Schwiegereltern ausgeborgt, wenn eine notwendige Fahrt anlag. Dazu mussten wir uns jedes Mal eine ellenlange Belehrungsliste anhören, was wir alles *nicht* dürfen und wie das Fahrzeug zu behandeln sei. So etwas vermieste jedes Mal die Freude aufs Fahren. War aber Standard und somit ein unvermeidlicher Bestandteil des Borgens. Unsere Trabi-Bestellung lief zwar schon lange, aber wir waren noch nicht dran. Die Autoanmeldung hatte ich zur Jugendweihe bekommen. Mann, war ich damals stolz! Deshalb hatte ich auch 1976 gleich bei der ersten sich bietenden Gelegenheit meine Fahrerlaubnis gemacht. Und auch gleich beim ersten Anlauf bestanden! Ebenso wie mein damaliger Mann. Wie gesagt, 1980 war es dann endlich so weit. Wir wurden ins Anmeldungsbüro bestellt und durften unsere

Farbwünsche äußern. Da zu jener Zeit gerade der Schlager vom himmelblauen Trabant sehr populär war, wollte ich natürlich auch einen in eben dieser Farbe. Danach dauerte es nicht mehr lange und wir bekamen den erlösenden Anruf, dass wir unseren Trabbi im Auslieferungslager abholen dürfen. Wie haben wir uns da gefreut. Da mein Mann damals aus irgendwelchen Gründen nicht mitkommen konnte, bestand er darauf, das sein Vater mich hin fährt. Ob er es mir nicht zutraute, das Auto allein 50 km weit zu bewegen?

In Auslieferungslager angekommen, wurden wir sehr freundlich empfangen. Unser Trabbi wurde vor der Auslieferung extra noch mal gewaschen. Und dann stand er vor mir, mein himmelblauer Trabant. Vor Stolz passte ich kaum hinter das Steuer. Ich drehte gleich mal eine Proberunde auf dem Hof, wie mir der Verkäufer geraten hatte. Funktionsprobe nannte er das. Anschließend habe ich, ebenfalls auf Anraten des Verkäufers, gleich eine Kasko-Versicherung für meinen kleinen Himmelblauen abgeschlossen. (Das sollte sich als Glücksfall erweisen!)

Die ersten drei Tage durfte niemand außer mir den Kleinen bewegen. Am dritten Tag aber

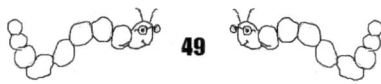

passierte es. Wir waren mit den Kindern zu den Schwiegereltern gefahren. Vor dem Abendbrot meinte mein Mann, dass er heute heimwärts fahren wolle. Na gut, dachte ich, soll er. Aber wir kamen nicht weit. An einer Kreuzung nahm uns ein Wartburg die Vorfahrt. Ich hörte es nur noch krachen, die Kinder brüllten und dann standen wir in den Büschen auf der schräg gegenüberliegenden Straßenseite. Das war das Ende für meinen wunderschönen himmelblauen Trabant.
Doch es gab wenigstens teilweise ein Happy End. Da ich ja gleich eine Kasko-Versicherung abgeschlossen hatte, bekamen wir *schon* nach einem knappen halben Jahr einen neuen. Der hatte aber *nur* ein himmelblaues Dach!

Frauentag

Es war **das Großereignis** in jedem Jahr, die Frauentagsfeier in der Brigade. Für diesen Tag hatten die Männer den Hut auf. Das heißt, sie waren für die Ausgestaltung der Feier verantwortlich. Da in unserer Brigade nur 3 Männer, aber 15 Frauen waren, hatten die Herren ganz schön zu tun. Auch bei der Feier selbst, war volle Aktion angesagt.
Doch fangen wir wie üblich mit dem Anfang an. Am Tag der Feier brauchten alle Frauen nur eine halbe Schicht arbeiten, um sich hinterher ein wenig in Schale schmeiße zu könnenn. Während dieser Zeit gestalteten die Männer den Raum für die Feier. Meist war das ein Speisesaal. Ich muss sagen, sie überraschten uns jedes Jahr mit neuen Ideen. In einem Jahr standen die Tische in U-Form, ein anderes Mal als T und in dem Jahr, von dem hier die Rede ist, war es eine aus zwei Tischreihen zusammengestellte lange Tafel. Darauf lagen rosafarbene Tischdecken und passend dazu rote Papierblumen. Das fanden wir recht witzig, denn echte Blumen zu bekommen war zu DDR Zeiten im März nicht

einfach. Da musste man entweder Beziehungen oder einen direkten Draht zu einer Gärtnerei haben. Schon die Idee, stattdessen welche aus Papier zu basteln, nötigte uns Anerkennung ab. Ich hätte nicht gedacht, dass die Männer so etwas können. Es sollte aber noch besser kommen.

Die Feier begann mit dem Einmarsch der Frauen in den Saal. Dazu spielte eine feierliche Musik vom Plattenspieler. Nach dem wir uns gesetzt hatten, ertönte eine Fanfare, die Tür öffnete sich und herein kamen drei mit Frack bekleidete Kellner, unsere Herren aus der Brigade. Schon ihr Anblick war zum Brüllen komisch. So seriös hatten wir sie noch nie gesehen. In Arbeitskleidung sahen sie gänzlich anders aus! Sie schoben jeder einen Servierwagen vor sich her, der mit einem Tuch zugedeckt war. Damit drehten sie eine Ehrenrunde um die Tafel, um letztlich an der Stirnseite Aufstellung zu nehmen. Dann bückten sich alle drei, griffen unter ihren jeweiligen Wagen und zogen jeder zwei große Topfdeckel hervor. Wie ein Musikinstrument schlugen sie diese zusammen, was einen ohrenbetäubenden Ton ergab. Erschrocken hielten wir uns die Hände an den Kopf. Nach

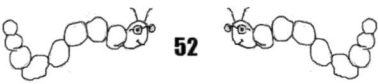

dieser erschröcklichen Einstimmung wurde
das Geheimnis der Servierwagen gelüftet. Sie
enthielten ein wunderbar anzusehendes kalt-
warmes Buffet. Und damit wir nun nicht los
stürzen mussten, fuhren sie zu jeder Frau
einzeln heran. Diese nannte ihre
Speisewünsche und die Männer servierten
formvollendet. Das war ein großes Gaudi!
Natürlich bekamen die braven Herren auch
etwas. Sie nahmen es sich aber wirklich erst,
nach dem auch die letzte Frau ihre gewünschte
Mahlzeit vor sich stehen hatte. Gespeist wurde
unter vielen Wohlschmecklauten und lustig
hin und her geworfenen Scherzen.
Selbstverständlich räumten die Männer nach
dem Essen auch wieder ab. Danach waren sie
plötzlich verschwunden. Wir argwöhnten
schon sie würden jetzt abwaschen und uns
allein hier sitzen lassen. Deshalb begannen wir
mit einigen Gesellschaftsspielen. Dazu tranken
wir die auf dem Tisch aufgebauten
Alkoholitäten und wurden rasch immer
lustiger. Irgendjemand hatte auch Musik
organisiert. Wir hatten sie ja schon beim
Einmarsch vernommen. Jetzt lief sie leise im
Hintergrund. Zwischendurch kamen wir aber
auch mal auf die Idee ein Tänzchen zu wagen.
Unter uns Frauen versteht sich! Dazu drehten

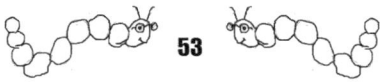

wir sie etwas lauter.
Auf einmal ertönte wieder der Topfdeckelgong. Unsere Männer waren wie aus dem Nichts wieder aufgetaucht und einer von ihnen wollte eine Rede halten. Natürlich erwarteten wir in unserer aufgekratzten Stimmung nichts Ernsthaftes mehr. Aber was dann kam, verschlug uns doch die Sprache. In der Rede kam zum Ausdruck, dass sie als Männer es ja schon immer gewusst hätten, dass wir Frauen das Sagen haben und die eigentlichen Chefs der Brigade wären. Tosender Applaus von weiblicher Seite! Doch es kam noch besser. Sie verkündeten weiter, dass wir damit sprichwörtlich „die Hosen an hätten". Aus diesem Grund hätten sie für jede von uns ein solches Exemplar als äußeres Zeichen dieser Tatsache vorbereitet. An diese Stelle müssen wir wohl ziemlich dumm geguckt haben, denn keine konnte sich vorstellen, was sie damit wohl *wirklich* gemeint hatten. Lange mussten wir aber nicht rätseln, denn auf einem der Servierwagen, der nun wieder herein gefahren wurde, lag ein Stapel ***irgendwas.*** Wir wurden gebeten einzeln vorzutreten und je ein Exemplar vom Wagen zu nehmen und anzuziehen. Unter

begeistertem Kreischen vollzog sich nun eine größere Umkleideaktion in nicht mehr völlig nüchternem Zustand. Das *irgendwas* entpuppte sich tatsächlich als eine Art **Hose.** Nur bestand diese nicht aus normalem Stoff, sondern aus zusammengenähten *Scheuerlappen!* Welch königlicher Spaß! Und damit sie nicht herunter rutschen konnte, bekamen wir ein Stück Strick. Damit wurde sie um den Taillenbereich festgebunden. Es war wahrlich ein Bild für die Götter, wie wir Frauen nun alle in unseren neuen Scheuerlappenhosen im Raum standen. Natürlich wurde gleich die Tanztauglichkeit der Hosen erprobt. Die meisten von uns taten das auf dem Parkett, aber einige kletterten dazu auch auf die Tische. Zum Glück war es schon vorgerückte Stunde und keiner von den Chefs war mehr im Hause. Die hätten sonst womöglich einen Schock fürs Leben bekommen, wenn sie uns so erlebt hätten. Ja ja, was ein paar Gläschen und nette Spielchen doch so anrichten können!
Am nächsten Tag erinnerte nichts mehr an die wilde Party des Vortags, bis auf eine liegen gebliebene Hose. Doch auch diese verschwand sehr schnell in der Abstellkammer, wo sie ihrem

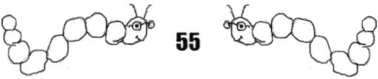

eigentlichen Verwendungszweck zugeführt wurde.

Das Handy als Spaßobjekt

Als ich unlängst im Radio hörte, dass das Handy Geburtstag hat und dort auch einiges über die Entwicklungsgeschichte vom unhandlichen Kasten bis zum heutigen supermodernen Hightechgerät erzählt wurde, fiel mir eine Geschichte wieder ein, die ich selbst erlebt hatte. Es liegt eigentlich noch gar nicht so lange zurück, etwa 15 Jahre. Meine Güte wie die Zeit vergeht! Damals waren die Handys wirklich noch wesentlich unhandlicher und auch farblich ziemlich eintönig. Auch war ich am Anfang noch recht skeptisch dieser technischen Neuerung gegenüber. Doch ich brauchte es für meine Arbeit, also musste ich sehen wie ich damit klar komme. So wurde also aus einer Skeptikerin eine Handybesitzerin. Manchen meiner damaligen Kollegen ging es ähnlich, wie ich heute weiß.
 Die Geschichte, um die es in meiner

Erinnerung geht, spielte sich in unserem gemeinsamen Aufenthaltsraum ab. Wichtig ist es noch zu erwähnen, das sich darin neben einem großen Tisch, Stühlen und der obligatorischen Kaffeemaschine auch ein Fernsehgerät befand. Zu diesem Fernsehgerät gab es eine Fernbedienung, die immer irgendwo auf dem Tisch herum lag (Die spielt eine wichtige Rolle!) Doch erst einmal zurück zu den Handys, von denen jeder Kollege eines hatte, die alle sehr ähnlich aussahen und auch fast den gleichen Klingelton hatten. Da der Empfang der Handysignale innerhalb des Raumes immer etwas problematisch war, standen unsere Geräte, aufgereiht wie die Hühner auf der Sitzstange, alle am Fenster. Nun kam es öfters vor, dass mehrere Kollegen gleichzeitig im Raum waren und demzufolge auch mehrere Handys auf dem Fensterbrett. Manchmal war das auch in Zeiten, in denen eine Auftragsflaute herrschte. Dann langweilten wir uns natürlich, sahen im Fernsehen fast alles an was die Mattscheibe anbot und trieben Scherze untereinander. Ein sehr beliebter war, einen anderen im Zimmer befindlichen Kollegen heimlich und

unbemerkt anzuklingen. Wichtig dabei war, ein völlig ausdrucksloses Gesicht! Da wir ja alle „schrecklich hilfsbereit" waren, reichte meist ein am Fenster sitzender Kollege das entsprechende Handy rüber. Natürlich war dann keiner dran! Besonders witzig fanden wir es aber, dem Kollegen dann die einem Handy sehr ähnlich sehende Fernbedienung zu reichen und amüsiert zuzusehen, wie er versuchte damit zu telefonieren. Das Ergebnis wenn derjenige merkte, dass er wieder mal gelinkt worden war, waren Schimpfkanonaden von der einen und Lachattacken von der Gegenseite.

Die Erinnerung daran, löst auch heute noch bei den älteren, seit damals im Betrieb befindlichen, Kollegen ein so breites Grinsen aus, das ihre Ohren Besuch zu bekommen scheinen.

Piepsi

Da heißt es immer pauschal „Unsere Jugend ist verdorben".Doch zum Glück ist es nicht immer so. Ich bin häufig im Einsatz wenn Veranstaltungen für junge Leute angesagt sind. Da erlebt man eine ganze Menge. Vielfach ist es wirklich so, dass nach Ende der Veranstaltung auch das Gehirn mit abgestürzt ist. Leider. Oder die Jungen wollen zeigen was für tolle Kerle sie sind, um ihrer Dame des Herzens zu imponieren. Aber wie gesagt, es gibt auch Ausnahmen, die positiv ins Gewicht fallen. Eine davon habe ich im vergangenen Jahr erlebt.
Es war im Vorfrühling. Die Disco war zu Ende und eine Truppe aus Jungen und Mädchen stand bei mir am Auto und wollte nach Hause gebracht werden. Sie waren zwar etwas laut, aber nicht von der unangenehmen Sorte, eher fröhlich. Na ja und wie das in solchen Trüppchen so ist, wurde natürlich der Abend gleich vor Ort ausgewertet, welche Jungen sie toll fanden, wie der DJ war und wen sie so alles getroffen hatten. Das übliche also. Doch ein Mädchen in dieser Gruppe fiel mir auf. Sie beteiligte sich zwar auch an sämtlichen

Gesprächen, aber etwas war bei ihr anders. Wie ich noch so überlegte, was es sein könnte, stieg die Gruppe ein. Dieses Mädchen beobachtete ich dabei ganz besonders. Dabei fiel es mir auf, das sie beim Einsteigen den Ellenbogen benutzte und nicht wie üblich die Hände. Diese hielt sie wie eine kleine Kugel übereinander. Da sie gleich in meiner Nähe saß, fragte ich sie, ob sie sich vielleicht verletzt habe, bot ihr sogar ein Tempotaschentuch an, um eventuelle Blutspuren von der Hand zu wischen. Die Verletzung verneinte sie. Auch die anderen waren jetzt aufmerksam geworden., was wohl mit den Händen des Mädchens sein könnte. Ihr war es wohl etwas peinlich. Jedenfalls bat sie alle Anwesenden nicht zu lachen. Jeder erwartete die albernsten Gründe für ihr Verhalten. Sie aber öffnete vorsichtig die Handkugel und darin saß etwas, was aussah wie eine kleine Wollkugel. Alle staunten und wollten wissen, was das denn sei. Ermutigt durch die Reaktionen ihrer Freunde erzählte sie nun, dass sie doch vorhin mit ihrem Freund mal draußen war und da hätte er ihr dieses kleine Vögelchen in die Hand gedrückt, mit der Bitte sich darum zu kümmern. Es war wohl aus dem Nest gefallen. Normalerweise ist das für die Jungen das Todesurteil. Ihr Freund und sie wollten aber, dass dr Kleine überlebt. Das fanden alle Anwesenden richtig rührend und jeder wollte das Federknäul streicheln. Das aber drückte sich ängstlich in das Nest aus Händen und piepste ganz jämmerlich .Schnell schloss das Mädchen wieder die Handkugel   Damit begann eine Diskussion darüber, was denn mit dem Kleinen weiter passieren solle. Erst einmal sollte es einen Namen bekommen. Nach einigen mehr oder weniger absurden Ideen, einigten sich alle schließlich auf „Piepsi", weil es doch vorhin so kläglich gepiepst hatte. Eine bot sogar an, zu Hause einen ausgedienten Vogelkäfig zu holen, in welchen man Piepsi setzen und großziehen wollte. Eine andere war mehr für Abgabe im Tierpark. Auf die Idee dem kleinen Wesen weh zu tun kam erstaunlicherweise zum Glück niemand. Und das fand ich sehr erfreulich, denn es zeigte mir, dass es auch noch mitfühlende und zart besaitete Jugendliche gibt.

Wenige Tage nach diesem Ereignis sprach mich ein junges Mädchen an und fragte, ob ich mich noch an die Fahrt mit „Piepsi"

*erinnern würde. Was ich bejahte. Daraufhin
erzählte sie mir, das es ein junger Spatz
gewesen war. Aber leider sei er gestorben. Er
war wohl noch zu jung, als er aus dem Nest
gefallen und in die Hände seiner Ziehmutter
gekommen war. Aber das Mädchen hat den
toten Vogel nicht einfach weggeworfen,
sondern im Vorgarten vor dem Haus in einer
kleinen Schachtel begraben.*

Disco

Es ist kurz vor Mitternacht. In der Ferne
stechen bleiche Lichtfinger helle Korridore in
den dunklen Nachthimmel. Auf den Wolken
tanzen helle Lichtflecke wie Ufos durch die
Nacht. Aha, es ist wieder Disco-Zeit! Zu Hauff
strömen die jungen Leute herbei, um
ausgelassen bei lauten, heißen Rhythmen
Lebenslust zu feiern und zu tanzen.
Da ich persönlich dem Disco-Alter
entwachsen bin, nehme ich mit immer wieder
neuem Erstaunen die Veränderungen wahr, die
die heutige Zeit kennzeichnen. War damals

spätestens Mitternacht schon alles vorbei, so geht es heute um diese Zeit erst richtig los .Auch die Worte meines alten Tanzschullehrers über die modernen Tänze fallen mir dann wieder ein. Er nannte es immer „Varianten von Freistilringen unter verschärften Bedingungen".Doch die jungen Leute haben ihren Spaß daran. Das ist nun mal das Vorrecht der Jugend.

Inzwischen bin ich dem Ort des Geschehens ein ganzes Stück näher gekommen. Bässe dröhnen wie Buschtrommeln durch die geschlossenen Scheiben meines Autos. Ich muss aufpassen, denn an manchen Stellen sind die Autos der Discogänger so dicht an dicht auf beiden Straßenseiten geparkt, dass man meint, nur mit angehaltenem Atem und eingezogenem Bauch hindurchfahren zu können. Verflixt, da hätte ich doch beinahe ein paar Radfahrer übersehen! Müssen die sich aber auch immer darauf verlassen das der Mond hell genug scheint? Blöde Variante von Strom sparen! Für mich geht aber zum Glück diese Fahrt auch bald zu Ende. Wenn ich den Disco-Tempel hinter mir gelassen habe, sind es maximal noch 3 km , dann bin ich zu Hause.

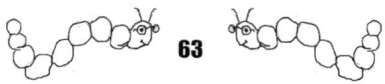

Nachtgedanken 1

Ich bin auf dem Heimweg von meiner letzten Tour für heute. Das wird aber auch Zeit, denn sonst muss ich den Unterkiefer hoch binden, weil er beim Gähnen sonst aus hakt und gänzlich runter fällt. Da ich allein im Auto bin, habe ich Muße die Schicht zu rekapitulieren.: Im Großen und Ganzen lief es ganz gut heute Nacht, wenn auch der Beginn eher schleppend war. Abwechslungsreich war es auch. Und lustig! Besonders die gemeinsame Tour mit E., einem Kollegen aus einer anderen Firma, als wir die Japaner vom Hotel abgeholt haben. Die konnten kein Wort deutsch und mein englisch reichte auch nur bedingt. Zum Glück hatte einer von ihnen so einen Translator-Computer. Und auch die lustige Truppe von der Geburtstagsfeier hat Spaß gemacht. Bei denen brauchte ich gar kein Radio, so laut und ausdauernd falsch haben sie gesungen. Dann die Jugendlichen von der Disco. Na ja, da gibt es immer einige die nicht wissen wann sie genug haben und die dann ihre gute Kinderstube vergessen.
Jetzt nur noch ein Stück durch den Wald, dann

hab auch ich es für heute geschafft.
Hoffentlich läuft mir nicht noch ein Reh oder
Wildschwein vor`s Auto. Das hätte gerade
noch gefehlt.
BUMM.... Was war das? Uff, es war nur ein
dicker Käfer der mit vollem Karacho gegen
die Windschutzscheibe geknallt ist. Nur ein
Fleck , wenn auch ein großer. Jedenfalls hat er
mir nochmal einen Adrenalinschub durch den
Körper gejagt und die Müdigkeit so weit
vertrieben das ich ohne weitere Gähnattacken
bis nach Hause komme.

Nachtgedanken 2

Heute Nacht scheint der Vollmond. Sagt der
Kalender. Ich habe Nachtschicht und kann
kontrollieren, ob das stimmt. So sitze ich also
in meinem Auto und da gerade Flaute ist, habe
ich Zeit für derlei Beobachtungen. Hinter dem
Hochhaus erscheint ein heller Streifen. Ehe ich
mich versehe entsteht daraus der Rand des
Mondes. Wie lange wird es wohl dauern, bis
es ganz hinter dem Haus her vorgekommen

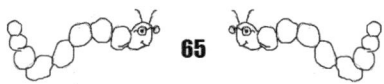

ist? Ist es möglich? Mir scheint, ich könne die Bewegung wirklich sehen. Die Hochhauskante als Maßstab, schaue ich nun genauer zu. Tatsächlich! In weniger als 10 Minuten hat sich der Mond von einem schmalen Streif zum kullerrunden Mond entwickelt. Vielerlei Gedanken gehen mir durch den Kopf, angefangen vom alten Herrn Galileo, der da meinte „und sie bewegt sich doch" bis hin zu den Theorien der Mystiker, die den Mond für etwas magisches halten. Womit sie auch nicht ganz Unrecht haben. In seiner bleichen Schönheit hat der kleine Bruder der Sonne schon eine gewisse seltsame Wirkung auf Menschen .Ich schaue auf ihn und vergleiche ihn zum Beispiel mit dem Licht einer Taschenlampe, die unter einem zerknitterten gebleichten Bettlaken versteckt, leuchtet. Der Kranz um den Mond verstärkt noch dieses Bild, welches sich da in meinem Kopf entwickelt hat. Oder, was mir auch noch einfällt ist eine uralte Theorie, wonach die Sterne goldene Knöpfe sind, die am Firmament angeschlagen sind. Was ist dann der Mond? Das Loch im Himmelszelt, durch welches das Licht der Ewigkeit auf die Erde fällt?

Du meine Güte! Auf was für Ideen man doch

so kommt, wenn man Nachtschicht und wenig
zu tun hat. Da kommt man ins Philosophieren
und träumen, obwohl man doch eigentlich
hellwach sein sollte. Es ist schon ein Graus mit
der Phantasie, sie animiert uns zu Gedanken,
die andere erst gar nicht haben. Und nun sag
noch einer der Mond wäre daran unschuldig!
Zum Glück kommt gerade ein Anruf vom
Chef, der mich aus meinen Träumereien
heraus in die Wirklichkeit reißt. Ich bin ja
eigentlich weder wegen dem Mond noch
wegen den Sternen hier draußen, sondern um
Geld zu verdienen. Na, dann will ich mal.
Die Fahrgäste sind junge Leute. Sie wollen
noch einkaufen. Welch ein Glück, dass der
Globus.Markt heute bis 22.00 Uhr geöffnet
hat. Dabei finde ich es doch ein wenig
befremdlich, so kurz vor ultimo noch
einzukaufen. Haben die Burschen dazu denn
am Tage oder früher am Abend keine Zeit?
Nicht das ich nicht froh über die Tour wäre,
aber man macht sich halt so seine Gedanken.
Dabei kann ich mich eigentlich gar nicht
beschweren, die Jungs sind nett und ich kann
mit ihnen schwatzen und Spässchen machen.
Nach Ende der Tour hab ich dann wieder Zeit
zum Träumen und phantasieren. Diesmal

komme ich in Gedanken auf Dracula und die Vampire. Sollen ja auch solche Vollmondfreunde sein. Na ja, nach allem was man so im Fernsehen sieht und in Büchern liest, nicht gerade welche von der höflichen Sorte. Diese am Hals Herumknabberei und immer nur Blut als Verpflegung. bisschen zu einseitig diese Ernährung. Wäre wohl nicht mein Geschmack. Sind ja aber eh nur Fantasiegestalten.

Nun ziehen Wolken auf und mein Freund der Mond verschwindet dahinter. Schade! Es träumte sich so gut mit Blick auf ihn. Außerdem muss ich aufpassen, dass ich über all der Träumerei nicht den Feierabend verpasse. Ich hab heute nicht so lange Dienst wie der Mond. Und wenn er schlafen geht, habe ich schon ein paar hoffentlich ruhige Stunden Schlaf weg. Auch wenn es immer heißt, in Vollmondnächten könne man nicht gut schlafen, so ein Nachtdienst tut da Wunder! Und Zeit zum Träumen hatte ich ja für heute mehr als genug.

Schlaf und Erwachen

Ihr schickt mich mit Gesang ins Bett
und weckt mich morgens wieder
ihr kleinen Wecker mit Gefieder.

Verkorkster Tagesbeginn

Heute ist einer dieser verrückten Tage, wo sich Magen und Hirn abwechselnd zur Faust ballen und jegliches Lebensmittel, das vom Mund angenommen wurde, vom Magen mit der Begründung „ Sendung nicht zustellbar" zurückgeschickt wird. Und jedes laute Wort veranlasst eine Revolte meiner Gehörgänge. Aber draußen scheint die Sonne, also hat es gefälligst ein schöner Tag zu sein.

Außerdem kann mein Portmonee keine Rücksicht auf solche Befindlichkeiten vertragen. Also gebe ich mir einen Ruck und gehe auf Arbeit. Etwa 2 Stunden später habe ich dann auch den Kampf gegen das Koboldheer im Kopf gewonnen und mein Hirn hat entschieden endlich den Dienst zu beginnen. Nach dem auch die restlichen inneren Organe den gleichen Entschluss gefasst haben, flutscht es wie geschmiert. Was die Sonne schon am Morgen entschieden hatte, gefällt jetzt auch mir und der Tag wurde gut.

Treffpunkt Dresden

Es ist Abend. Wir schreiben den 23.10. Morgen will ich zu einer Veranstaltung in Dresden fahren. Ein Treffen mit guten Freunden, Mitstreiter an der Front der schreibenden Zunft. Trotzdem bin ich ein wenig aufgeregt. Warum? Das weiß ich selbst nicht. Oh je! Wie war doch gleich die Adresse? Schnell noch einmal den Laptop angeworfen. In der Mail-Box die >noch verwenden< Rubrik aufrufen und nachschauen. Aha! Alles klar!
Wenn ich dann schon einmal in Dresden bin, kann ich ja auch noch einige andere Sachen mit erledigen. Damit ich nichts davon vergesse, mache ich mir einen Spickzettel. Nach eine halben Stunde ist alles erledigt und zusammengepackt. Jetzt aber husch husch ins Bett!
Guten Morgen, Samstag! Ich habe zwar eine Menge komische Sachen geträumt, bin aber totzdem ausgeruht. Obwohl, eigentlich hatte ich mir vorgenommen **vor** dem Wecker wach zu sein. Das habe ich nicht geschafft.Jetzt schnell raus aus den Federn, waschen, anziehen und los. So eine Hetzerei am

Wochenende! Das mag ich eigentlich gar nicht. Da ich pünktlich ankommen will, drücke ich das Gaspedal durch, bis mir der Fuß weh tut. Weder Fuß noch Gaspedal sind begeistert von diesem Treffen mit dem Bodenblech. Doch was tut man nicht alles, um pünktlich vor Ort zu sein. Nebenbei läuft das Radio. Beim Verkehrsfunk werde ich hellhörig. Was? Stau auf der Autobahn? Das ist doch genau auf meiner Strecke. Meine grauen Zellen arbeiten auf Hochtouren. Ein Schleichweg, oder eine Umfahrung als Alternative wollen mir trotzdem nicht einfallen. Naja, vielleicht habe ich ja Glück und es wird gar nicht so schlimm, tröste ich mich selbst. Ich beschließe einen schon mehrfach verwendeten Trick anzuwenden. Der besteht darin, dass ich die Autobahnauffahrt Hermsdorf, die ich eigentlich benutzen müsste, erst einmal zu ignorieren. Gleich hinter der Auffahrt befindet sich nämlich eine Brücke, von der aus man einen guten Blick auf die Autobahn hat. Der Trick besteht darin, langsam über die Brücke zu fahren und dabei einen Blick auf die Autobahn zu werfen. Sieht sie frei aus, kann man kurz hinter der Brücke wenden. Erst dann folgt die Benutzung der Auffahrt. Genau so

werde ich es machen, beschließe ich. Gedacht, getan. Der Blick von der Brücke verheißt nichts ungewöhnliches. Wahrscheinlich ist der Stau schon erledigt. Also wenden und ab auf die Rennpiste!

Nach etwa zwei Kilometer ist Schluß mit lustig. Jetzt hat er mich, der Stau. Tja, so weit hatte ich von der Brücke aus nicht gucken können. Für die restlichen fünf Kilometer brauche ich ganze 11/2 Stunden. Neuer Rekord! Dann habe ich Dresden endlich erreicht. Ich bin froh, es geschafft zu haben. Aber denkste! So schnell gibt der Teufel nicht auf. Gleich hinter der Abfahrt lauert der nächste Stau. War es vorher eine Baustelle, so ist es dieses Mal ein Unfall. Wieder verrinnt die Zeit. Ähnlich wie beim Erlkönig, dichte ich nun: *Erreicht das Ziel mit Müh und Not. Ist mehr kaputt davon als tot.* Blöde Reimerei. Entspricht aber der Tatsache. Mein Ziel habe ich zwar erreicht, aber mit reichlich Verspätung. Tja und wer zu spät kommt, erhält zusätzlich noch eine Tüte Spott.

Kabelsalat

Der kann aus vielerlei Ursachen entstehen und ist alles andere als ein genießbares Gericht zur Mittagszeit. Die häufigste Ursache ist ein Wust von verschiedenen Leitungen unterschiedlichster Geräte, die alle in der gleichen engen Spalte zwischen Schrank und Wand Platz finden müssen. Da treffen sich dann also Lautsprecher- und Fernsehkabel mit Strom-, Netzwerk – und Telefonleitungen, natürlich alle in unterschiedlicher Länge und Stärke. Und mit jedem Neuankömmling trotzen sie mehr der vorgegebenen Ordnung, bilden Schlingen und Knoten. So entsteht letztendlich ein heilloses Durcheinander, welches jedem ordentlichen Technikfreak die Haare zu Berge stehen lässt.
Doch besagter Kabelsalat kann auch noch auf andere Weise hergestellt werden. Dazu braucht man weder Schränke noch Wandritzen, sondern einfach nur einen Karton. Freilich muss dieser groß genug sein! Für solche Aktionen eignen sich besonders gut Umzüge. So wie bei mir! Um nur ja kein Kabel in der alten Wohnung zu vergessen, nahm ich also

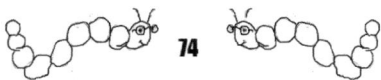

besagten Karton und begann ihn zu füllen. Sämtliche im Haushalt vorhandenen Kabel von Radio, Fernsehen und Computer wanderten hinein. Dazu noch ein paar Verlängerungsschnüre und diverse Handy-Kabel. Endlich war alles drin!!! Ich war ja soooo stolz auf mich und meine tolle Idee! Beim Umzug selbst wurde dieser Karton kräftig durchgeschüttelt. Fast schien es als wollten die Kabel sich angstvoll aneinander festhalten, weil ihnen der Transport mißfiel. Doch das ahnte ich zu diesem Zeitpunkt noch nicht. Erst als ich in der neuen Wohnung angekommen war. Dort wollte ich mit Hilfe meiner Kabel gleich alles Technische wieder anschließen. Doch Hilfe, was war das?!? Die Kabel hatten sich derart in einander gewühlt, dass ich keines einzeln herausbringen konnte, ohne gleich 4-5 andere mit zuziehen. Da saß ich nun mit meiner tollen Idee des gemeinsamen Kabeltransports. Vor mich hinschimpfend, kippte ich den ganzen Inhalt aus der Kiste. Und jetzt kam der „lustigste" Teil. Den Haufen ähnlich wie ein Puzzle auseinander zu fädeln. Vorsichtig ein Kabel nach dem anderen! Puh, das war vielleicht eine Heidenarbeit! Und dauerte länger als das

Hineinwerfen! Dabei merkte ich mir gedanklich vor: Für den nächsten Umzug, falls es einen solchen geben sollte, muss ich mir eine andere, gescheitere, Idee als die Sache mit dem einfach nur in den Karton hineinwerfen, einfallen lassen.

Die Kürbissuppe

Da muss man erst ein halbes Jahrhundert alt werden, um das zu entdecken! Also nicht das ich das vorher nicht gewusst hätte, was ein Kürbis ist. Ich kannte sogar Kürbiskompott, süß – sauer versteht sich. Ansonsten waren diese großen, runden, überdimensionalen, essbaren Medizinbälle für mich nur etwas, womit man den Abfallhaufen im Garten bepflanzt, damit jener dem Auge nicht so einen abstoßenden Anblick darbot. Die Verwendbarkeit in der Küche galt für mich mehr als angenehmer Nebeneffekt des ganzen. Na ja, und durch einen früher häufig kursierenden Witz wusste ich auch, dass

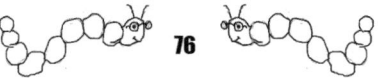

Kürbisse ausgehöhlt einen guten Bowletopf abgeben (Ich meine den Witz mit „ Kürbisbowle mit ganzen Früchten") Wie der Witz genau ging, hab ich mir leider nicht gemerkt. Ist in dem vorliegenden Fall auch nicht von entscheidender Bedeutung.
Zurück zu meiner Kürbissuppe. Die habe ich eigentlich erst seit mitte der 90er Jahre als wohlschmeckend für mich entdeckt. Zuerst als Beutelsuppe aus der Kaufhalle, dann fix und fertig im Tetrapack. Dieses Jahr aber muss mich irgendwas irgendwo hin gestochen haben. Ich kam auf die Schnapsidee doch diesmal selbst eine solche Suppe zu kochen. Hm??? Wie geht das nur? Keine Ahnung! Ich wusste nur, am Ende musste es flüssig und essbar sein. Hab also mal so hier und da herum gehorcht, wie andere das so machen. Dabei stellte ich fest, dass es bestimmt so viele Varianten wie Suppenesser gibt. Manche machten es süß, manche mit Zimt, andere wiederum bevorzugten herzhafte Varianten von Salz und Pfeffer bis Chlli. Ja, da stand ich nun mit meiner Idee im Kopf und nur um geringeres schlauer als zuvor. Doch da Theorie das eine und Praxis etwas ganz anderes ist, ging ich nun zu Phase 2 über,der praktischen

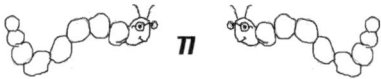

Umsetzung meiner Idee.
Auf dem Wochenmarkt kaufte ich mir ein Stück Kürbis (Einen ganzen hielt ich für übertrieben.) und eilte damit nach Hause. Das fasrige Innere war zum Glück schon heraus. Nur die Schale musste noch ab. Der rückte ich mit einem gewöhnlichen Kartoffelschäler zu Leibe. Das erwies sich als leichter gedacht als getan. Die verflixte Schale war so glatt, dass ich immer wieder abrutschte. Aber irgendwann, so etwa nach fünf Abrutschern in meine Finger, hatte ich es geschafft. Nun das Kürbisfleisch gewürfelt, eine geriebene Möhre und Wasser dazu und dann konnte es losgehen. Ich freute mich wie ein Schneekönig als nach einiger Kochzeit eine Art dicker Brei daraus wurde. Natürlich hatte ich mich total verschätzt und die Breimenge war entschieden größer als geplant. Wegschmeißen wollte ich es aber auch nicht, nach all der Mühe, die ich hineingesteckt hatte. Also ein passendes Abfüllgefäß gesucht und ab in den Tiefkühlschrank mit dem Überschuss. Der Rest sollte eine herzhafte Suppenvariante werden, also Salz, Pfeffer und ein scharfes Etwas namens Harissa (Das ist eine exotische Gewürzmischung, die ich fertig im Laden

erworben hatte.) hinein. Noch etwas Sahne hinein gerührt und Röstzwiebeln oben drauf. Pünktlich zu Halloween war meine erste selbst gekochte Kürbissuppe fertig!
Unter uns: Sie hat prima geschmeckt, nur etwas reichlich scharf. Was auf Verbesserungsmöglichkeiten für das nächste Mal hinweist.

Oh, du fröhliche...
(Weihnachten und andere Katastrophen)

Nur *ein* Schnäppchen !!

Da hatte ich nun die Bescherung! Jede Menge Taschen und Beutel das ich sie kaum tragen kann. So war das doch gar nicht geplant! Ich hatte mir extra die tollen bunten Werbeprospekte durchgelesen und nur das angekreuzt, was ich von all den vielen schönen Sachen, die dort angeboten wurden, auch wirklich brauche.
Dabei fing alles so harmlos an. Die Vorbereitung war perfekt. Die angekreuzten Prospekte waren in der Tasche, der Autoschlüssel heraus gesucht, das Portmonee kontrolliert, ob außer alten Kassenzetteln darin auch noch Finanzen anwesend sind und dann ging es los. Rein in den ersten Laden. Hier sollte es ein einziger Kalender sein. Hinterher waren es zwei plus ein Weihnachtsgeschenk fürs Enkelchen. Weiter ging es zum Laden Nummer zwei. Hier stand eine Schuhablagen angekreuzt auf meinem Prospekt. Mist, auch hier noch etwas zusätzliches für Weihnachten gefunden! Ich weiß zwar noch nicht,wem ich das schenke, aber erst mal hab ich was in Reserve. Nun noch schnell zum Bäcker,

die Sammelpunkte einlösen und dann nichts wie nach Hause. Oh, beim Obst ist Sonderangebot! Obst ist gesund und wichtig. Da kann man doch nicht einfach so vorbei rennen.
Jetzt reicht es aber! Wieso hab ich auf einmal drei Taschen und vier Beutel am Arm hängen? Nun aber nichts wie raus hier, ehe die sich noch weiter vermehren. Und dann kommt an den Briefkasten ein Schild „Nur noch *unbrauchbare* Werbung einwerfen!".

Weihnachtsbäckerei

Backen ist Abenteuer! Das habe ich dieses Jahr erstaunt festgestellt. Eigentlich ist Backen ja gar nicht so mein Ding. Und die paar Plätzchen, die ich für gewöhnlich in der Vorweihnachtszeit esse, bekomme ich schneller in der Bäckerei um die Ecke.
So jedenfalls war es bisher. Doch ich weiß nicht, was dieses Jahr mit mir los ist. Da hat mich doch glatt so eine vorweihnachtliche Sentimentalitis gepackt. Das kenne ich sonst gar nicht bei mir. Sogar einen Weihnachtsbaum habe ich für mich alleine in

diesem Jahr aufgestellt und angeputzt. Werde ich etwa alt???Und jetzt auch noch **das.** Dabei fing es wie, immer in solchen Fällen, völlig harmlos damit an, das mir eine Bekannte davon erzählte, wie sie mit ihren Enkelkindern immer Plätzchen backt. Wobei wie sie schmunzelnd erwähnte, das Teig naschen bei den lieben Kleinen besonders beliebt ist. Das erinnerte mich daran, wie auch ich bei Oma früher immer Teig stibitzt hatte. Mir lief das Wasser im Mund zusammen. Als ich dann ein paar Tage später von ihr auch noch einige fertige Plätzchen zum Kosten erhielt, war alles zu spät. Solche musste ich **unbedingt** auch backen! Ich ließ mir also das Rezept geben und besorgte die Zutaten. Da standen sie nun vor mir, die Tüten mit Zucker und Mehl, die Butter und all die anderen Sachen. Ich heftete das Rezept in Augenhöhe an die Wand vor mir, setzte die Brille auf und los ging es. Die Schüssel hatte ich auf die Küchenwaage gestellt und die Zutaten sollten nun genau abgemessen da hinein. Verflixt, da musste ich ganz schön rechnen!Die Schüssel wog ja auch schon was plus die Mehlmenge, dann plus Zucker und alles einzeln schön nacheinander. Als alles in der Schüssel war, was einmal zu Plätzchenteig werden sollte,

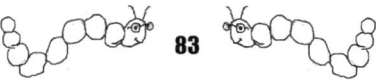

griff ich zur Küchentechnik, um ein schmackhaftes Teiggemisch herzustellen. An diesem Punkt merkte ich mal wieder, das Technik doch nicht alles ist. Die Mischung war zwar hergestellt, aber ein glatter Teig war das noch lange nicht. Muße also das biologische Universalwerkzeug, sprich meine zwei (zuvor sauber gewaschenen) Hände zum Einsatz kommen. Jetzt sah das Ganze schon eher so aus, wie ich es mir vorgestellt hatte. Nun noch schnell eine Kostprobe, denn auch meine Geschmacksknospen wollten bestätigt haben, was meine Optik mir schon signalisiert hatte. Hmm, könnte man glatt komplett so essen!!! Na, dann wollen wir mal Plätzchen daraus stechen. Doch halt, was war das??!!?? Ich hab ja gar kein Nudelholz! Verflixt, in meinem Eifer hatte ich daran gar nicht gedacht. Was nun? Teig fertig, Ausstechformen und Blech bereit, aber keine glatte Teigplatte sondern ein Teigberg. Gehetzt und verstört irrte mein Blick durch die Küche... und.......blieb an einer leeren Weinflasche hängen. Wie ein Blitz durchfuhr es mich. Das ist die Rettung! Der Flasche wurde kurzerhand zum Nudelholz umfunktioniert und schon klappte es. Ich bekam meine glatte Teigplatte, konnte nach

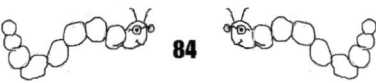

Herzenslust Sterne, Glocken, Monde und Weihnachtsbäume ausstechen und das Backblech damit füllen. Nach kurzer Zeit schon wurde die Küche erfüllt vom wunderbaren Duft frisch gebackener Weihnachtsplätzchen.

Mein persönlicher Weihnachtsengel

Engel tarnen sich oft hinter den ungewöhnlichsten Personen oder tauchen zumeist dann auf, wenn garantiert niemand mit ihnen rechnet. Sie haben ein Gespür dafür, wann sie *wirklich* gebraucht werden. Das ist jedenfalls mein Eindruck. Doch nun will ich davon erzählen wie ich *meinen* traf.

„Verschlungen sind des Schicksals Pfade" heißt es in irgend einem klassischen Werk. So war es auch in meinem Fall. Ich bin Taxifahrerin und hatte am Weihnachtsabend Dienst. Mein Chef schickte mich mal hier hin und mal da, wie eben gerade die Anforderungen kamen. Meist waren es Stadtfahrten. Oma fuhr zu Kind und Enkel oder umgekehrt, Mutter zu Kindern. Wie das

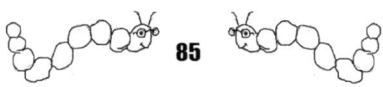

halt so an diesem Tag ist. Bei mancher Tour hatte ich dann auch mal eines oder mehrere Kinder im Auto. Sie erzählten freudestrahlend vom Weihnachtsmann und was er ihnen so alles gebracht hatte. Klar das sich da auch in mein Auge so manches Tränchen schlich. Besonders wenn ich daran dachte, wie es früher mit den eigenen Kindern gewesen war, als sie noch klein waren. Heute sind sie groß und leider weit weg. Doch es gibt ja Handys!
 Doch zurück zu jenem Weihnachtsabend im Jahr 2006. Über im Laufe des Jahres gefahrene Vertragsfahrten, hatte sich auch ein gewisser auswärtiger Kundenkreis entwickelt, der unsere Firma nun auch häufig für private Fahrten nutzte. Und genau einer dieser Kunden rief in dieser Nacht beim Chef an. Der Auftrag lautete, seine Verwandtschaft bei ihm im Ort abzuholen und zurück in die Stadt nach Hause zu bringen. Dieser Fahrauftrag ging an mich. Natürlich freute ich mich darüber. Eine Fahrt von mehr als 20 km und dann in dieser Nacht, was konnte mir besseres passieren.
Am Haus des Bestellers wurde ich, da wir uns ja kannten, mit lautem Hallo begrüßt. Nach dem Wechsel von Weihnachtsglückwünschen und ein paar weiteren Worten, startete ich. Mit

dem Auftrag, das Ehepaar, welches inzwischen ins Auto gestiegen war, gut nach Hause zu bringen. "Na klar, mache ich doch!" gab ich zur Antwort. Und los ging die Fahrt. Beide waren sehr nette Menschen und so kamen wir schnell ins Gespräch. Dabei erfuhr ich unter anderem, dass sie Schriftstellerin war. Das interessierte mich natürlich brennend,da ich ja in dieser Richtung stark vorbelastet war. Immerhin schrieb ich ja schon seit fast einem halben Jahrhundert für mich privat. (Na ja, wollen wir mal nicht übertreiben, Schulaufsätze mit gerechnet, komme ich vielleicht gerade mal auf 40 Jahre.) Es war jedenfalls wesentlich mehr als nur eine angenehme Unterwegsplauderei. Außerdem hatte ich zu jenem Zeitpunkt so etwas, was man in Schriftstellerkreisen wahrscheinlich eine Schreibblockade nennen würde. Angeregt von der Unterhaltung stellte ich ihr natürlich auch ein paar ganz spezielle Fragen und erzählte von meinen bisherigen Schreibaktivitäten. Nun war die Gutste (also ich meine die Ehefrau und Schriftstellerin) ganz Feuer und Flamme und lud mich ein, an dem von ihr geleitete Schreibzirkel teilzunehmen. Das wäre doch genau das richtige für mich! Und ich würde dabei auch

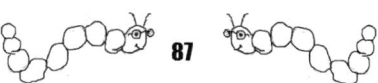

noch wichtiges dazu lernen und mich mit anderen Gleichgesinnten austauschen können. Die Verlockung wurde größer. Ich hüpfte immer unruhiger auf meinem Platz hin und her. Was eröffneten sich mir da für Möglichkeiten !?! In meinem Kopf rotierte es wie in einem Mixer. Leider waren wir, als wir an diesem Gesprächspunkt angekommen waren, schon fast vor der Haustür. Doch wie sollte ich diese Chance festhalten?
Auch die Frau musste bemerkt haben, das sie hier in das sprichwörtliche Wespennest gepickt hatte .Jedenfalls gab sie mir ihre persönliche Telefonnummer und lud mich ein, in den nächsten Tagen einfach einmal bei ihr vorbei zu kommen. Sie wolle sich darüber mit mir nochmals ausführlicher und ganz in Ruhe unterhalten. Mir wurde ganz wirr im Kopf vor Freude über diese einmalige Chance. Den ganzen Rest des Abend konnte ich an nichts anderes mehr denken. Auch mein Chef bemerkte, dass ich mitunter unkonzentriert reagierte. Doch er kannte ja nicht den Grund dafür. Und ich hatte auch nicht vor, ihn darüber zu informieren. Schließlich hatte diese Sache nichts mit meiner Arbeit zu tun.
Was soll ich sagen. Gleich am nächsten Tag lief mir eine Geschichte über diese Begegnung

aus der Feder. Diese nahm ich mit zu dem Treffen, welches ich natürlich wahrnahm und schenkte es als Zeichen meiner Freude über diese Begegnung „meiner" Schriftstellerin. Das Ende vom Lied war, dass ich nun wieder überfloss vor Geschichten und für lange Zeit begeistertes Mitglied des Schreibzirkels wurde. Ob sie ein wirklicher Engel ist weiß ich nicht, aber für mich war sie es gleich in mehrfacher Hinsicht.

Was sonst noch passieren kann

SF-Zeitreise – Con – Trilogie
1. Die Anreise

Hatte ich eigentlich schon erwähnt, dass ich begeisterter SF-Fan bin. Ich sehe gern utopische Filme, lese Bücher dieses Genres und war sogar Mitglied in einem SF-Klub in unserer Stadt. Die Spezialität unserer Gruppe waren selbstgeschriebene Theaterstücke mit futuristischem Hintergrund, aber sehr realen Zeitbezügen. Damit waren wir in den einschlägigen Kreisen bekannt geworden. Wir spielten sogar zum „Tag der Sachsen" in Riesa und Hoyerswerda. Außer uns gab es weitere SF-Klubs in Dresden, Halle, Leipzig und Berlin. Ein Mal im Jahr richtete fast jeder Klub ein Fan-Treffen für alle aus. Das wurde Con genannt. Da fanden dann Lesungen, Buchmärkte und weitere Veranstaltungen statt. Auch Mitglieder unseres Klub nahmen an diesen Cons teil. Der größte und bedeutendste dieser Cons fand aber zu einer Zeit statt, als unsere kleine DDR schon gar nicht mehr existierte. Von diesem soll hier die Rede sein. Da sag noch einer es gäbe keine *echten Zeitreisen*! Dabei ich habe sie selbst erlebt. Und zwar im Jahr 1990. Er fand der *1. DDR-*

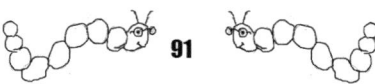

Sience Fiction Con in Berlin statt. Leider war es zugleich der letzte. Zeitreisen sind ja so etwas von schwierig! Eigentlich lag es aber auch daran, dass wir vom Rad der Geschichte überrollt worden waren, als alle Vorbereitungen bereits so gut wie abgeschlossen waren. Wie auch immer. Die Einladungen an Gäste und Clubs waren vom Veranstalter abgeschickt und etliche Zusagen eingetroffen. Unter anderem auch von unserer Gruppe. Da wir ein recht aktives Trüppchen waren und, wie schon zu Beginn erwähnt, auch Theater spielten, wurden wir gebeten bei diesem Con mitzuwirken. Was wir gern an nahmen.
Damit fing alles an. Wenn wir in Berlin auftreten wollten, musste natürlich alles mit, was gebraucht wurde: Musik, Kulisse, Kostüme und unsere privaten Sachen. Zu dieser Zeit fuhr keiner von uns etwas größeres als einen Trabbi. Da passte aber nicht alles hinein. Ein Anhänger musste her! Über Bekannte organisierten wir einen solchen. Voll bepackt starteten wir, eine Kolonne aus fünf Fahrzeugen. Das Spitzenfahrzeug hatte eine Anhängerkupplung, ergo bekam es den Anhänger dran. Das traf prompt mich. Prima! Ich war noch nie mit einem Anhänger dran

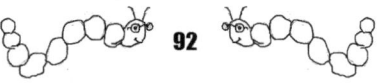

gefahren. Und jetzt gleich bis in die Hauptstadt. Begeistert war ich davon nicht. Aber alle redeten mir gut zu. Was blieb auch anderes übrig. Nach allseitigem Schulterklopfen waren wir startklar. Aber mit fünf Trabbis einschließlich Anhänger als Kolonne auf die Autobahn?? Das würden die anderen Autos nicht so toll finden und wir irgendwie auch nicht. So wählten wir eine Überlandstrecke auf der Landstraße. Am Freitagnachmittag zogen wir los. Die Kostüme hatten wir schon angezogen, denn wir wollten standesgemäß am Veranstaltungsort ankommen. Unsere bunte Truppe zog natürlich die Blicke der vorbei fahrenden Kraftfahrer auf sich. Was uns so manches fröhliche Hupkonzert einbrachte. Mitunter hupten wir zurück und winkten. Darüber wurde es allmählich Abend und auch neblig. Zum Teil hatten wir Sichtweiten von unter 50 m. Ich konnte kaum das hinter uns fahrende Fahrzeug erkennen, geschweige denn sämtliche Straßenschilder. Dabei musste mein Beifahrer doch Sichtkontakt halten, damit keiner aus der Truppe verloren ging. Was zur Folge hatte, dass wir uns im Gewirr der Dörfer auch mal verfuhren. Schließlich war der Nebel so dicht geworden, dass wir uns nur noch an der

weißen Mittellinie vor unserer Nase orientieren konnten. Worauf der blöde Spruch auf kam:"Was machen wir wenn der weiße Strich alle ist?" Antwort: „Wir fahren gerade aus weiter bis wir ihn wiederfinden oder uns eine Hauswand bremst." Nun, eine Hauswand war es zum Glück nicht, an der wir bremsen mussten, aber eine dicke Dorfeiche hätten wir beinahe mitgenommen. An dieser Stelle hatten wir uns komplett verfahren und mussten umdrehen. Also drehte der gesamte Konvoi eine Ehrenrunde um die Eiche. Ich hoffe nur uns hat damals keiner gesehen, wie wir mit fünf Trabbis samt Anhänger die Eiche umkreisten.(Muss für Zuschauer ein interessantes Bild gewesen sein.)
Irgendwie schafften wir es dann ohne weitere Sonderaktionen bis nach Berlin. Nun mussten wir nur noch das Großplanetarium in mitten der Stadt finden. Dabei haben wir fast noch eine Straßenbahn mitgenommen, weil wir mehr auf die Ausschilderung als auf den Verkehr geachtet haben. In Ergebnis war ein Reifen des Anhängers futsch, sodass wir auf drei Reifen und einer Gummiumhüllung zum Planetarium rumpelten. Dort wurde wir bereits erwartet und stürmisch von den anderen Clubs

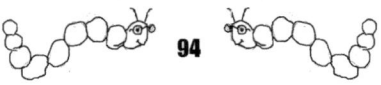

begrüßt. Wir waren in der Vergangenheit, dem **1. DDR-SF-Con,** angekommen. Doch vor dem Feiern kam die Arbeit und die hieß in dem Fall Reifenwechsel. Es fand sich zum Glück auch schnell Hilfe und ein neuer Reifen. Und natürlich mussten wir allen Freunden von unserer abenteuerlichen Fahrt erzählen. Das es darüber spät wurde, brauche ich sicher nicht zu erwähnen. Nun mussten wir nur noch eine letzte kleine Etappe, die vom Veranstaltungsort bis zu unserem Nachtquartier in Marzan mit dem ganzen Konvoi bewältigen, dann war es für heute geschafft.

2. Unser Auftritt

Die Nacht auf Luftmatratzen und Feldbetten im Klassenzimmer hatten wir gut hinter uns gebracht. Gut gelaunt ging es nun zum Frühstück, wo wir den Programmablaufplan für diesen Tag erhielten. Daraus war ersichtlich, dass die Veranstaltungen über mehrere Orte in der Stadt verteilt waren. Nur die Großereignisse, wie die Auszeichnung mit dem Curt-Laßwitz -Preis durch den SF-Dachverband, die Filmvorstellungen, Diskussionsrunden und Lesungen mit Schriftstellern und die Sternenschau fanden im Planetarium statt. Wir sollten in der Schule in Berlin-Marzan auftreten, in der auch unsere Quartiere waren. Prima, da brauchten wir nicht alles wieder in die Stadt zu schleppen. Die Veranstaltung war für den späten Nachmittag im Speisekeller der Schule angesetzt. Doch wie so oft, verschoben sich sämtliche Zeiten, weil Diskussionsrunden und Lesungen länger dauerten als geplant und ja auch noch Zeit bleiben musste für Gespräche zwischen den Mitgliedern der verschiedenen angereisten Klubs .So kam es , das unser Auftritt erst in den vorgerückten

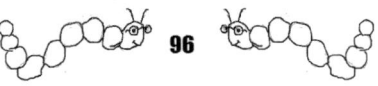

Abendstunden steigen konnte.
Wir hatten uns ein hübsches Programm unter dem Motto „ Zusammen in die Zukunft, Gemeinsam zurück" ausgedacht. Da wir nichts ernst nahmen, schon gar nicht uns selbst, wurden darin viele Alltagsprobleme und Themen aus der SF-Szene aufgegriffen und in humoristischer Weise bearbeitet. Unter anderem gab es da einen „Kampfszene". Da kämpfte der Schokoriegel *Mars gegen* seine DDR – Variante, den Riegel *Luna.* Genauer gesagt, traten zwei Kämpfer mit dem jeweiligen Riegel anstelle eines Schwertes in der Hand gegeneinander an. Ein wüster Kampf über Tische und Bänke quer durch den gesamten Speiseraum und zwischen den Zuschauerreihen entbrannte. Die Zuschauer kreischten. Mancher sprang schnell vom Stuhl, wenn sich die Kämpfer näherten. Stühle fielen um, Tische wurden im Gefecht verschoben. Dabei blieb einer der Kämpfer sogar noch mit seine Sandale an einem Tischbein hängen. Was ihn zu dem spontanen Ausruf „ Freiheit für meinen Schuh" veranlasste. Das Gebrüll unter den Gästen war groß. Alle bogen sich vor lachen. Sie dachten natürlich, wir hätten das so einstudiert. Auch alle anderen

Spielszenen kamen gut an. So hatten wir zum Beispiel auch einen sprechenden Raben, eine alte Schreibmaschine zum Programmieren des Flugkurses (Wir machten ja eine fiktive Weltraumreise!) und mehrere selbst gedichtete Lieder im Programm. Am Ende des Programms lagen mehr Zuschauer gekrümmt vor Lachen unter den Tischen als noch daran saßen. (Einige hatten noch am folgenden Tag Lach-Muskelkater.)
Nach dem Auftritt kamen wir dann noch mit den Gästen ins Gespräch über unsere Theaterarbeit, die selbst geschneiderten Kostüme, unsere Lieder und vieles mehr. Einige Lieder wurden ein geübt und gemeinsam mir Gitarrenbegleitung erneut intoniert. Dabei kam es gar nicht so sehr auf die Schönheit der Darbietung an, sondern auf den gemeinsamen Spaß. Jeder kann sich sicher vorstellen, dass auch dieser Abend garantiert nicht mit dem Sandmännchen endete. Es sei denn, selbiges hätte nach Mitternacht noch mal eine Sonderschicht eingelegt.

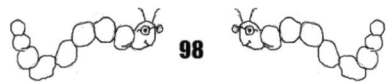

3. Abreise

Nach drei prall mit Ereignissen und Erlebnissen gefüllten Tagen, machten wir uns dann wieder auf den Heimweg. Und auch der hatte wieder seine spektakulären Höhepunkte. Natürlich erfolgte die Abfahrt ebenso wie die Anreise im Kostüm. Zum Abschied hatte sich die ganze Trabbi-Kolonne (Mit Anhänger) vor dem Planetarium eingefunden. Mit einem Hupkonzert starteten wir. Unterwegs wurden die Ereignisse schon mal in der kleinen Gesprächsgruppe innerhalb des Autos vor ausgewertet. Dabei ging es nicht trocken zu. Deshalb passierte es, dass mitten im Irgendwo-Nirgendwo, zwischen Wald und Feld, auf einmal ein Ruf ertönt „ Schnell, schnell ...a n h a l t e n !" Das erste Fahrzeug legte eine Vollbremsung hin und alle nachfolgenden gleichfalls. Die Fahrzeugtüren sprangen auf und heraus stürzten kostümierte Gestalten, die auf die Bäume zu eilten. Unbeteiligte vorbeifahrende Fahrzeuge entgingen sicher nur knapp einem Schock, als sie das sahen. Ja, ja eine derartige Wirkung kann reichlich Bier haben! Dieser Stunt war aber auch das letzte spektakuläre Ereignis dieser Fahrt.

Wohlbehalten kamen wir alle zu Hause an und hatten natürlich viel zu erzählen.

Der Sturm
In Erinnerung an „Cyrill"

Schon am Vorabend war er angekündigt worden. Es gab sogar schon für einige Gebiete eine Katastrophenwarnung. Doch wie es halt immer ist, wenn es nur im Fernsehen kommt, ist es weit weg und berührt einen nicht wirklich.
Im Laufe der Nacht frischte der Wind dann doch auf. Aber es war noch immer nichts, was mich beunruhigte. Heftige Winde hatte ich ja schon öfters erlebt und nie waren sie das, was man bedrohlich nennen konnte. Auch der Wind, der mich mit meinem Kleinbus auf der morgendlichen Kinderrunde in die Seite schubste, war im Rahmen des Normalen.
Nach der Runde hatte ich Pause und fuhr nach Hause. Ich entschloss mich, dem menschlichen Herdentrieb folgend, ebenso wie alle meine

Wäsche samt Ständer vom Balkon zu holen. Richtig ernst genommen habe ich den Sturm erst gegen Mittag, als mich ein SOS-Ruf vom Chef erreichte. Dieser Ruf riss mich aus meinen vormittäglichen Hausarbeiten. Er enthielt die Anordnung: sofort alle Kinder meiner Runde aus der Schule zu holen und in die Elternhäuser zu verbringen. Und das Ganze zwei Stunden vor der eigentlichen Zeit und mit der zusätzlichen Auflage zu melden, ob meine Gruppe vollzählig heim fährt oder nicht.
Der Wind blies zu der Zeit schon recht ordentlich. Der Himmel sah aus wie das Fell eines riesigen Zebras, abwechselnd hellere und dunklere Streifen. So schwang ich mich also in Arbeitskleidung (zu Hause laufe ich nämlich meist in „Räuberzivil" herum) und fuhr zur Schule. Dort warteten Erzieher und Kinder schon aufgeregt auf mein Eintreffen. Wie ein nervöser Bienenschwarm redeten alle gleichzeitig auf mich ein und wollten wissen, wie es nun weitergehen würde. Allmählich übertrug sich die Aufregung der Kinder auch auf mich.Nach dem ich sie so weit beruhigt hatte, das ein ordnungsgemäßer Transport möglich war, ging es für die Kinder

heimwärts. Unterwegs sahen wir vereinzelte Blitze aufzucken, die natürlich die Aufmerksamkeit der Kinder auf sich zogen. Doch noch war es mehr das Außergewöhnliche, was die Kinder in Hochstimmung versetzte. Eine Gefahr sahen sie darin zum Glück nicht. Die Elternhäuser dagegen ahnten, dass es ein dramatischer Tag werden würde. Sie waren froh, dass wir ihre Kinder sicher nach Hause brachten.
Endlich hatte ich auch das letzte Kind bei seinen Eltern abgeliefert und konnte erst einmal durchatmen. Was ich zu diesem Zeitpunkt allerdings noch nicht wusste war, was der Abend und die Nacht noch bringen würden.
Das wahre „Abenteuer Sturm" begann für uns gegen 21.00Uhr, als die Bahn landesweit ihren Betrieb einstellte. Das Zugpersonal kam mit ihren verbliebenen Fahrgästen an den Taxistand und fragte uns, ob wir es uns zutrauen, die Leute sicher heim zu schaffen. Der Wind hatte zu diesem Zeitpunkt auch in Hoyerswerda schon volle Orkanstärke erreicht. Trotzdem wagten wir die Fahrt.
Meine Tour sollte über verschiedene Zwischenhalte und durch die sturmdurchtosten

Wälder, also eigentlich auf der ganz normalen Landstraßenstrecke, bis nach Görlitz führen. Meinen Fahrgästen waren drei junge Männer und ein älterer. Mit Tempo 60 bis maximal 80 km/h machten wir uns auf den Weg. Nach dem wir eine Strecke von etwa 30 km zurückgelegt hatten, wir befanden uns gerade auf freiem Gelände, warf Sturm Cyrill keck mit glasmurmelgroßen Eiskörnern nach uns. Mir wurde ganz schön mulmig im Bauch, dazu kam die Angst, das die Autoscheiben diesem Beschuss nicht standhalten könnten. Über den Himmel zucken nah und fern riesige Blitze. Zeitweise nahm das gesamte Firmament einen giftig-lila-farbenen Ton an. Doch das durfte mich nicht aufhalten. Ich hatte es übernommen, diese Leute sicher nach Hause zu bringen. Also weiter, einfach weiter! Nach etwa einer viertel Stunde hatten wir das Eisbombardement überstanden und kamen in den Bereich dichter Wälder. Doch hier wurde es noch schlimmer. Bäume schlugen krachend kurz vor uns auf die Straße oder hatten sich auf selbiger schon zu Barrikaden aufgetürmt. Zusätzlich hatte peitschender Regen eingesetzt. Mein Herz und mein Mut rutschten immer mehr in Richtung Fußboden. Innerlich

kämpfte ich mit meinem immer stärker werdenden Flucht- und Schreireflex. Doch ich hatte ja noch die Verantwortung für vier Menschen, die alle nur eines wollten: sicher nach Hause kommen.
In dieser Situation erlebte ich eine spontane Solidarität innerhalb des Autos mit der ich so nicht gerechnet hatte. Trotz des Regens sprangen die jungen Männer wann immer es nötig war aus dem Auto und räumten kleinere Bäume und Hindernisse beiseite, lotsten mich durch enge Baumpassagen und an den Rändern von Gräben entlang. Mehrmals fehlten nur wenige Zentimeter zwischen Absturz und Weiterkommen. Natürlich gab es auch mehr als genug Stellen, an denen wir umkehren und nach einem anderen Weg suchen mussten. Es waren ja nicht nur Bäume, die uns an der Weiterfahrt hindern wollten. Auch umgestürzte Strommasten und tief hängende Leitungen zwangen uns zur Richtungsänderung.
Endlich waren wir an unserer ersten „Haltestelle" angekommen. Einer der jungen Männer war am Ziel. Doch bevor er heimwärts ging, kam er noch zu mir, bedankte sich für die Fahrt und versprach einen Rosenkranz für

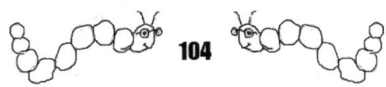

mich zu beten. Das berührte mich so tief, dass mir Tränen in die Augen stiegen. Nach weiteren hindernisreichen Kilometern mit Stopps durch THW- und Feuerwehreinsätze, hatte ich irgendwann auch den letzten Fahrgast an sein Ziel gebracht. Innerlich fiel mir nicht nur ein Stein, sondern ein ganzer Felsen von meinem Herzen.
Die Heimfahrt war dann schon fast ein Ferienausflug. Die Einsatzkräfte hatten tolle Arbeit geleistet. Kein Hindernis versperrte mir den Weg. Nur meine aufgewühlten Emotionen brauchten noch ein paar Tage bis auch sie zur Ruhe kamen.

Spitzfindigkeiten, Schalk und Scherze

Ich hatte irgendwann einmal gesagt, dass unser Leben zu 99% aus Alltag besteht. Wie wahr! Und mitunter muss man schon ein ganz schön dickes Fell haben, um ihn durchzustehen. Da hilft meist ein Schuss Humor, Selbstironie oder die Fähigkeit über eigene Fehler und Schwächen lachen oder witzeln zu können. Irgend ein großer Denker hat mal gesagt:

„Humor ist das Salz in der Suppe des Lebens".

Nun will ich die Suppe zwar nicht versalzen, aber ohne wäre das Leben gar zu fade.

Ich bin ein Schmetterling

Doch bin ich gar nicht klein
und wieg auch 100 Kilolein
den Bauch, den hab ich voller Luft
ups,..nun ist sie verpufft!

Ich träumt, ich könnte fliegen
die Schwerkraft gar besiegen
dann wacht ich auf
lag auf dem Bauch.

So sind halt manche Träume
sie heben uns weit über Bäume
am Ende sind es nur Bonsai
und mit dem Reimen ist`s vorbei.

Utopie und Wahrheit

Wer mit offenen Ohren durch das Leben geht, der hat ihn sicher schon oft gehört, den Satz: „Sie sind unter uns!".Und sicher genau so oft, hat man diesen Satz mit einem Kopfschütteln wieder hinweg gescheucht. Doch betrachten wir die Sache doch einmal genauer. Was bedeutet der Satz: „Sie sind unter uns!" ? In einer ruhigen Stunde ließ ich mir das Ganze noch einmal durch den Kopf gehen. Und hoppla! Der Satz stimmt!

Es gibt **sie** in ganz dunkel, ganz hell und vielen Abstufungen dazwischen. Sogar in gelblichen Tönen soll es **sie** geben. Grün kommt nur in Ausnahmefällen vor. Aber nicht nur das es **sie** in verschiedenen Farbtönen gibt, oh nein. Es gibt **sie** auch in verschiedenen Größen und Düften. Und auch in unterschiedlichen Bekleidungsformen. Sogar nackte sind gesehen worden! Und ja, es stimmt. In den meisten Fällen sind **sie** unter uns. Doch **sie** sind auch schon an unserer Seite oder sogar über uns gesichtet worden. Was sich aber als Sonderfälle herausstellte.

Und das Verrückteste an der Geschichte ist, jeder von uns hat **sie** schon gesehen, ja jeder kennt **sie**: *Die Füße*

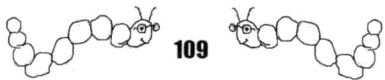

Wenn zwei sich streiten..

Zwei Elstern zankten bis die Federn stoben.
Um ein Stück Pizza, ging der Streit.
Ein Mensch der hielt es für verdorben.
Der Weg zur Tonne war zu weit.
So flog es denn von ganz weit oben
hinunter auf des Weges Rand.

Die beiden Vögel wollten`s haben.
Gewaltig war der Futterneid.
Und wie die zwei noch so beim Zanken,
flog Nummer drei geschwind herbei.
Er schnappt sich frech das Streitobjekt.
Und eh die zwei noch etwas merkten,
war er damit auch ganz flink weg.

Kohle - Variationen

Wem ist es nicht schon passiert, dass er müde ins Bett geht und dann doch nicht schlafen kann. Alles mögliche geht einem dann durch den Kopf: Tagesabläufe, Gespräche, die man geführt hat, Planungsideen für den nächsten Tag. Irgendwann übermannt einen der Schlaf dann doch. Meist ist er aber unruhig. Häufig träumt man an solchen Tagen auch seltsame Dinge. So erging es auch mir. Im Traum erschien ein komisches Persönchen. Irgendwie ähnelte es Rumpelstilzchen. Es hüpfte auf mich zu und stellte mir eine Frage : *„Sag mal, was is`n **Kohle?**"* Eine Frage, deren Antwort eigentlich ganz einfach ist. Oder doch nicht? Und wie ich im Traum so vor mich hin grüble, fallen mir dazu sogar mehrere Antworten ein. Wie Lehrer Lämpel baue ich mich vor Rumpelstilzchen (Ich will zur Vereinfachung mal bei diesem Namen bleiben) auf und bohre ihm den Zeigefinger dabei fast in seine lange Nase:

Als Kohle bezeichnen wir umgangssprachlich unser Geld. Dafür gibt es zwar auch noch andere mögliche Bezeichnungen, aber das ist eben eine davon.

„Aha", höre ich Rumpelstilzchen sagen „Und was ist dann bitteschön **Braun-Kohle?** .Ist Braun-Kohle dann etwa nicht ordentlich gewaschenes Geld?" Interessante Frage, denke ich so bei mir. Wieder hebe ich den Zeigefinger. Doch dieses Mal ist Rumpelstilzchen darauf vorbereitet und springt rechtzeitig einige Zentimeter zurück. *Das wäre eine denkbare Variante. Eine andere wäre, es als Finanzmittel anzusehen, welches in gewisse Körperteile unterhalb der Gürtellinie, gesteckt wurde. Ähnlich dem sprichwörtlichen Zucker, der ja auch manchmal dorthin gepustet wird. Oder hat sich da jemand vor dem Kohle (=Geld) zählen nur nicht ordentlich die Finger gewaschen? Handelt es sich dabei um das Zahlungsmittel der Braunbären? Zugegeben, etwas unwahrscheinlich, denn dann hätten Schwarzbären Schwarzgeld und was hätten Eisbären?* Ich glaube, an dieser Stelle schweifte ich etwas vom Thema ab. So etwas passiert halt, auch im Traum.

Und weil im Traum vieles möglich ist, fasste ich Rumpelstilzchen am Arm und flog mit ihm zwecks exakter Klärung seiner Frage zu einem Amt. Dieses hatte den kuriosen Namen:

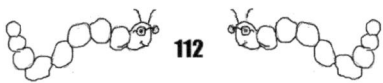

Amt für ungelöste Fragen und Phänomene.
Der Herr hinter dem Schreibtisch erklärte sich
aber für **nicht zuständig.** und schickte uns
weiter zum Finanzamt. Auch hier nur
vorgeschobene Unterlippen und hochgezogene
Schultern, nebst ratlosen Gesichtern. In den
Unterlagen, nebst Ausführungsbestimmungen
und Durchführungsverordnungen keine
endgültig klärende Aussage zu diesem Begriff!
Während die Beamten in ihren Akten gewühlt
hatten, war ein Azubi ins Zimmer gekommen.
Auch er wurde bei der Suche eingespannt.
Schließlich sagte der Azubi ganz verzweifelt:
„Fragt doch mal den alten Archivar. Der weiß
doch sonst auch immer alles!" Ich klemmte
also meine Frage samt Rumpi unter den Arm
und stieg hinab in den Keller, wo der alte
Archivar zwischen all seinen Akten saß und
bei wohliger Wärme vor sich hin döste. Aus
dem Kanonenofen bullerte Hitze und daneben
stand ein Eimer mit unförmigen braunen
Brocken. Nach einem Gruß legte ich ihm
Rumpis Frage vor. Vor Lachen fiel ihm die
Pfeife aus dem Mund. „Ach ihr Jungen wisst
doch gar nichts!" Dann haut er mit der flachen
Hand gegen meine Stirn und meinte
ich solle mein Oberstübchen mal gründlich

entstauben. Was mich selbst im Traum empörte. Aber irgendwie hatte der Alte ja recht! Ich müsste es eigentlich wissen. Tief in mir drin hatte ich so eine Ahnung. Doch da kam nichts an. Echter Blackout! Ich stand da, starrte ihn an und zuckte mit den Schultern. Immer noch lachend deutete auf den Eimer und sagte: „Das und nichts anderes ist Braunkohle!" Na klar! Mir fiel es wie Schuppen von den Augen. Wird doch hier in der Gegend überall abgebaut. Wieso ist mir das denn nicht gleich eingefallen?
Was Rumpi dazu sagte? Ich weiß es nicht mehr, denn an dieser Stelle klingelte mein Wecker und ich wachte auf.

Intelligenztest

In unserer Gegend gibt es die intelligentesten Tiere des Landes! Wie ich zu dieser doch recht kühnen Behauptung komme? Nun, das ist ganz einfach. Schon seit unserer Schulzeit kennen wir alle die Versuche, die Wissenschaftler mit Ratten gemacht haben. Sie setzten sie in ein Labyrinth und je schneller sie es bewältigten, um so besseres Futter bekamen sie. Oder nehmen wir die Sache mit den Tierdressuren. Pferde, Hunde, ja sogar Schweine können durch Lob und Futter dazu gebracht werden Dinge zu tun, die ihrem natürlichen Verhalten nicht unbedingt immer entsprechen. Oder glaubt jemand, ein Tier egal welcher Gattung würde in freier Wildbahn freiwillig durch einen brennenden Reifen springen? Und da gibt es sicher noch weitere Kunststücke, die unsere vierbeinigen Mitbewohner auf diese Art lernen. Aber eben immer nur, weil der Mensch es so will.

Nun aber wurde in unserer Gegend ein einmaliges Experiment durchgeführt, welches nicht nur auf die Überprüfung der Intelligenz der Tiere zielt, sondern auch auf die von uns Menschen. Die Testobjekte sind neben uns

Menschen aber nicht etwa Haustiere, oder ein paar wenige gezähmte Exemplare von Wildtieren. Nein! Diesmal entstand ein richtig großer Feldversuch mit tausenden Tieren und Menschen. Zu diesem Zweck nahm man eine ganz gewöhnliche Landstraße, nein es war sogar eine Bundesstraße. Dazu kam die Gruppe der autofahrenden Menschen. Für diese existierte ein Regelwerk namens „Straßenverkehrsordnung", welches unter anderem auch die Frage der zu fahrenden Geschwindigkeit auf dieser Bundesstraße regelte. Jahrelang gewöhnten sich die Autofahrer an diese. Und hielten sie zumeist auch ein.

Doch dann kam der entscheidende Wendepunkt! Die Einbeziehung der freilebenden Waldtiere in das Experiment. Das lief vermutlich wie folgt ab: Alle Tiere des dortigen Waldes wurden zu Schulungszwecken zusammengetrieben. Doch nicht, um eine große Treibjagd zu veranstalten. Es gab einen Bildungsauftrag! Oder sollte ich besser einen Dressurauftrag sagen? Das wichtigste Lehr-und Lernobjekt war eine große Uhr. Zeigte diese eine bestimmte Zeigerstellung wurde ein Weg zum Futter

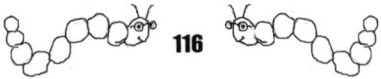

freigegeben. Im Hintergrund war auf einer Großleinwand ein Straßenabschnitt von der oben bereits angeführten Bundesstraße eingeblendet. So sollten die Tiere den Zusammenhang zwischen Weg zum Futter, Autos und Straße eingeprägt werden. Sie sollten lernen ihre Futteraufnahme danach einzurichten, besonders was das Überqueren der Straße anbelangt. Und auch für die Gruppe der Autofahrer trat eine Änderung in Kraft. Plötzlich standen an dieser Straße Schilder mit Geschwindigkeitsbegrenzungen für bestimmte Tageszeiten. Was natürlich zu Ärger und Verwirrung bei den Autofahrern sorgte. Das musste aber sein, weil die Waldtiere ja auf bestimmte Zeiten für das Benutzen des Überweges dressiert werden sollten. Doch leider waren die Wildtiere eine sehr undisziplinierte Dressurgruppe. Das Erkennen der Uhrzeiten und demzufolge der Einhaltung der vorgegebenen Zeiten, wollte einfach nicht klappen. Und auch die Übung „Schaue erst nach rechts und links, bevor du die Straße überquerst" beherrschen viele der Tiere nicht. Immer wieder gab es Exemplare und Tiergruppen, welche einfach nach Gutdünken auf oder über die Straße liefen.

Das ist der Punkt, an dem die verstärkte Lernfähigkeit der Autofahrer ins Spiel kommen sollte. Zur Vereinfachung wurden für diese Schilder an der Straßenkante aufgestellt, welche auf die Tiere hinweisen sollten. Die Fragen der Wissenschaftler lauteten für diese Gruppe: Haben sie die Schilder gesehen? Haben sie ihre Bedeutung richtig begriffen? Um dazu aussagefähig zu sein, wurde ein großer Feldversuch durchgeführt. Zu Test- und Prüfzwecken dienten unter anderem aufgestellte Fotoapparate, die Bilder vom Verhalten der Fahrer machen. Aber auch so manches Wildtier wurde dabei auf dem Film festgehalten.

Inzwischen wurde dieser Feldversuch auf andere Straßen ausgedehnt, um ein flächendeckendes Bild des Ergebnisses zu erhalten. Die Wissenschaftler sind zwar bereits in der Auswertungsphase, aber noch immer sind sie uneins. Deshalb wurde per verschiedener Medien eine Öffentlichkeitsumfrage gestartet an der auch sie sich beteiligen können.

Was meinen sie, welcher Teil der Testteilnehmer hat sich mit den besseren Ergebnissen herauskristallisiert?

Wetterkapriolen

Offener Brief an Petrus!

Ich weiß ja nicht wie Du das siehst, aber ich finde Deine Arbeit dieses Jahr absolut kritikwürdig! Sag mal, amüsierst Du Dich etwa da oben mit Genoveva, der Wetterfee und lässt die ganze Arbeit von einem Azubi erledigen? So geht das aber nicht! Dann hättest Du den Burschen besser anlernen sollen. Der Bengel hält das „Wetter machen" wohl für ein neu modisches Computerspiel, so nach dem Motto:"Mal sehen was passiert wenn..." und wenn es nicht so passt wie er das will, dann wird eben mal auf Reset gedrückt und von vorne angefangen. Also diese Jahr hat er die Reset-Taste vermutlich schon mehrfach benutzt. Jedenfalls ist das Langzeitwetter eine Katastrophe! Klar ich weiß schon, jedem recht machen kann man es nie. Der Bauer will Regen, der Urlauber Sonnenschein und wer arbeiten muss hat vielleicht noch andere, mehr gemischte Vorstellungen. Ja, selbst bei denen gibt es keine Einigkeit. Und dann sind da auch noch die Kleingärtner, die je nach dem was sie angebaut haben, auch noch unterschiedliche Wünsche an Dich haben.

Ich sehe ja ein, dass es für Dich nicht einfach

ist, alles unter einen Hut zu kriegen. Aber vielleicht kannst Du Dich ja an das alte klassische Schema halten: Winter = Kälte + Schnee, Frühling = Sonne + Regen, Sommer = mehr Sonne + wenig Regen und Herbst = Wind bis Sturm mit sonnigen Einschüben. Macht doch Sinn, oder? Oder Du machst auf modern und startest `ne Umfrage. Nicht lange, nur so knapp 100 Jahre. Aus den besten Vorschlägen bastelst Du dann das jährliche Wetterprogramm für Deinen Computer. Einmal eingegeben läuft das fast von allein. Aber baue eine Azubi-Sicherung ein! Dann hast Du auch mehr Zeit für Dich und Genoveva.

Also am Besten, Du überdenkst die Sache gründlich. Bis zum Winterbeginn erwarten wir eine überarbeitete, funktionsfähige Planungsvorlage für 2017.

Mit freundlichen, wetterwendischen Grüßen

ein Wetterkonsument aus Deutschland, Mitteleuropa

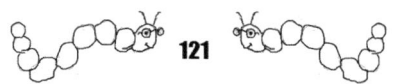

Ausverkauf!

„Kommen Sie nur herein, meine Damen und Herren Engel! Und auch sie aus der Abteilung Unterwelt sind herzlich willkommen! Heute findet bei Herrn Petrus ein großer Flohmarkt statt! Seine Frau Genoveva hat sämtliche Lagerräume geöffnet und alles zusammengestellt, was raus muss. Es ist ihr beim Frühjahrsputz im Wege und zum Teil sind die Mindesthaltbarkeits- und Einsatzdaten schon weit überschritten. Trotzdem ist die Ware noch in gutem Erhaltungszustand und verwendbar."
Solches hörte ich neulich im Traum jemanden rufen. Verwundert folgte ich der Stimme und kam in eben diesem Traum vor einem großen Gebäudekomplex an. Dorthin waren auch schon viele andere seltsame Gestalten geeilt, die ich im ersten Moment nicht so recht zuordnen konnte. Unruhig liefen sie vor einem großen Tor, welches einem Scheunentor ähnelte, hin und her. Endlich schien sich etwas zu tun. Nach einem tiefen „Gong" stürmten alle hinein. Jeder wollte die besten Stücke ergattern. Es war wie eben bei den Schlußverkäufen üblich. Zögernd folgte ich

ihnen. Alles war fremd. Ich gehörte auch gar nicht hier her. Das fühlte ich instinktiv. Doch da ich nun schon einmal hier war, schaute ich mich um. Da standen riesige Fässer, Säcke, Eimer, Taschen und vieles mehr. Alle hatten Aufschriften oder zumindest hing ein Zettel daran. Doch zuerst kam ich gar nicht dazu sie zu lesen. Dazu war das Gewühle einfach viel zu groß. Ich wurde mal in die eine, mal in die andere Ecke geschubst oder gerempelt. Zwischen durch hörte ich die Hausfrau ab und an kreischen „ Fass das nicht an!" oder „Pass doch auf mit deiner Gabel!" Also wenn ich es recht betrachtete, benahmen sich die Engel genauso unmöglich wie die Teufelchen von der Unterwelt. Jeder zog und zerrte an den Sachen. Jeder wollte das für ihn vermeintlich beste Stück ergattern. Die Engel schnürten die Säcke auf und guckten nach. Die Teufelchen waren da etwas rabiater. Sie piekten gleich mit ihrem Dreizack hinein. Genoveva rannte wie ein aufgescheuchtes Huhn dazwischen herum und versuchte Ordnung in das Chaos zu bringen. Ich kam mir wirklich vor, als wäre ich in einem Kaufhaus beim Schlussverkauf und alles stürzt sich auf die Wühltische.
Nach dem ersten Ansturm zog dann doch so

etwas wie Ordnung ein. Ich weiß nicht, lag es daran, dass die erste Sichtung der Angebote vorbei war oder daran das der Hausherr plötzlich im Morgenmantel auf der Treppe erschien .Jedenfalls waren plötzlich alle mucksmäuschen still. Das gab mir die Gelegenheit, mich näher heran zu schleichen und endlich die Aufschriften zu lesen. Die merkwürdigen Zeichen waren zwar eine Art Schrift, unterschied sich aber gewaltig von allen mir bekannten Schriftarten. Seltsamerweise konnte ich sie trotzdem entziffern. So etwas passiert eben mitunter im Traum. Also las ich auf den Schildchen: „ Kälte, sortiert nach Frischegrad", „Schnee, verschiedene Flockengrößen – sortiert und gemischt", „Nordwind" und noch andere merkwürdige Dinge. Ach ja, ich bin im Haus von Petrus. Der ist ja bekanntermaßen für das Wetter zuständig.

      Bei dem Ansturm hatten alle Anwesenden beim Gucken und suchen ein gewaltiges Durcheinander fabriziert, was Petrus wütend machte. Erst fauchte er seine Frau an, weil sie diese Frühjahrsputzidee hatte, dann die anwesenden Engel und Teufel wegen der Unordnung, die sie angerichtet hatten.

Viele Säcke und Fässer waren aufgerissen, angepiekt und der Inhalt über den halben Hof verstreut. Nach dem Petrus ein kräftiges himmlisches Donnerwetter losgelassen hatte, (deren Auswirkungen sogar noch auf der Erde spürbar waren), sichtete er, was davon noch brauchbar war. Er konnte sich immer so schlecht von den Sachen trennen. Einiges davon verkaufte er dann auch wirklich, ein bisschen Kälte für die Hölle, ein bisschen Watteschnee für die Himmelbetten der Engel und so weiter. Zum Abschluss mussten dann alle mit aufräumen. Der Inhalt der aufgerissenen Behälter wurde zusammengefegt und über den Wolkenrand hinunter auf die Erde gekippt. So kam es, dass als bereits der Frühling seine Herrschaft auf der Erde begonnen hatte, nochmals ein wüstes Durcheinander aus Schnee, Regen, Hagel und Kälte auf die Erde nieder prasselte.
An dieser Stelle wachte ich leider auf. Ich sah auf den Kalender: „Frühlingsanfang" und „April" stand dort. Dann sah ich aus dem Fenster, alles war weiß. **„So** sieht also himmlischer Frühjahrsputz aus" ging mir da durch den Kopf. Na, das sollte man den Leuten doch einfach mal sagen. Dann würden sie viel

weniger über das Wetter meckern....Oder erst recht?

Drei Schneeflocken

Zuerst kam der Nebel. Er warf seinen weißen Schleier über Straßen, Wiesen, Bäume und Büsche. Als der Schleier zerriss, blieben viele tausend kleine Wassertröpfchen am Geäst hängen, weil sie sich darin verfangen hatten. Dies sah der Frost. Und er meinte, daraus etwas hübsches machen zu können. So nahm er also alle Kraft zusammen und fror die Tröpfchen ein. Die Tropfen sahen aus wie Zuckerkristalle, die überall als weißer Reif fest hingen. Die Sonne fand das wunderschön und beleuchtete die weiße Pracht, die im kalten Wintersonnenlicht glänzte. Dieses Glitzern wiederum blendete den Winter und er beschloss nun seinerseits etwas zu dieser Schönheit beizutragen. Deshalb schickte er den Schnee auf die Reise zur Erde. Dicke nasse Flocken torkelten herab, denn der Winter hatte vergessen den Wind zu bitten die Wolken etwas aufzuschütteln. Was er wenig

später allerdings schleunigst nachholte.
Bis hierhin klingt das Ganze wie ein schönes Wintermärchen. Man könnte es natürlich auch eine folgerichtige Ereigniskette nennen. Wenn..., ja wenn wir Menschen da nicht wieder mal etwas daran herum zu mäkeln hätten. Den Kindern gefiel der Winter natürlich so wie er war. Auch Winterurlauber fanden es toll, doch....... Es gab ja auch noch viele, die keinen Urlaub hatten. Und die waren von der weißen Pracht zum Teil nicht so erbaut. Die einen wünschten sich, das bei der Verteilung ordentlich, nur bis an die Bordsteinkante, Schnee zu liegen hatte. Die anderen wären liebend gern ganz ohne Schnee ausgekommen. Doch was auch immer sich der Einzelne wünschte, letztlich musste es jeder so nehmen, wie es nun mal von oben herab fiel. Deshalb konnten Probleme mit dem gefrorene, zu Schneekristallen gewordenen Wasser nicht aus bleiben. Als erstes traf es die Winterdienste. Sie mussten zum Teil schon weit vor dem Hahnenschrei hinaus fahren und die Straßen abstumpfen, auf das die Autofahrer sicher zur Arbeit oder wohin auch immer fahren konnten. Dazu passte in abgewandelter Form das altbekannte Lied:

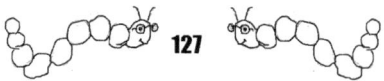

„Alle Jahre wieder.."
Dasselbe galt für die Umsetzung der Winterpläne nicht nur auf den Straßen. Hauseigentümer befreiten die Gehwege vor den Häusern, Hausmeister vor den Schulen und Betrieben. Und auch die Schienenwege, die der Winter gleichfalls mit der Schneepracht zugeschüttet hatte, waren betroffen. Bei der Bahn existiert aber noch ein ganz besonderes Phänomen. Regelmäßig mit dem Wintereinbruch kommt es zu „planmäßigen" Verspätungen, weil Gleise vereist oder Weichen eingefroren sind. Diese Phänomen bedarf jedoch nicht erst größerer Schneemengen, sondern erscheint bereits mit dem Eintreffen der ersten Vorboten des Winters. Bereits wenige Flocken genügen, um es ans Tageslicht zu bringen. Diese sind das Signal für alle Bahnstrecken.Und sie sind auch das Signal füralle, die auf diese Transportmöglichkeit angewiesen sind, einen altbekannten Witz auszugraben der da lautete:
Warum sind Züge im Winter unpünktlich? ...
*Weil **drei Schneeflocken hochkant auf den Schienen** stehen **und die Strecke blockieren !***

Karneval

Im Volksmund wird er auch **die fünfte Jahreszeit g**enannt. Als wenn die regulären vier nicht ausreichend wären! Außerdem ist es die wohl verrückteste Jahreszeit, die ich kenne. Oder ist es eine Krankheit? Dann ist es die Amüsanteste, die es gibt. Jedes Jahr aufs Neue werden viele Menschen von ihr befallen. Sie benehmen sich dann wie kleine Kinder, küssen wildfremde Leute, hopsen nach Bonbons, bunten Papierschlangen und-schnipseln und singen seltsame Lieder.
Außerdem bringt Karneval den Kalender völlig durcheinander. Laut diesem sollte eigentlich *Winter* sein. Aber selbst der ist schon infiziert, wenn man mal das Wetter in den letzten Jahren so betrachtet. Dieser Winter benimmt sich, als hätte er nicht nur von der Bowle genascht, sondern auch von den härteren Sachen. Und auf Grund dessen, wüsste er nicht mehr, wie er seine Wettermaschine einstellen soll. Vielleicht sollte man ihn dafür mit einem Kübel Eiswasser überschütten, damit er wieder den Durchblick bekommt?!Nee, das wäre gemein. Besonders in Hinblick darauf, dass das

närrische Treiben gerade seinem Höhepunkt entgegen strebt. Da wäre ein Kälteeinbruch gar nicht so toll.

Wenn ich mir vorstelle, wie die Jecken beim Rosenmontagsumzug auf spiegelglattem Blitzeis durch die Straßen schlittern, kaum voran kommen, stürzen und dabei noch fröhliche Lieder singen sollen. Das geht ja nun gar nicht. Dann soll es lieber so bleiben wie es ist, mild, etwas windig, aber nicht eisig. Außerdem würden dann die vielen tollen Kostüme, an denen die Festumzugsteilnehmer monatelang gebastelt haben, nicht zur Geltung kommen. Weil ja alle dick vermummt sind.

    Doch Schluss mit so trübsinnigen Ausblicken. Das ist ja eine verrückt-fröhliche Zeit. Sogar die sonst so auf Eleganz stehende Mode wird außer Kraft gesetzt, nach dem Motto je bunter und verrückter desto besser. Und das Ganze macht auch noch gewaltig Spaß! Nach dem Sprichwort:" Narren und Kinder dürfen die Wahrheit sagen" wird dabei so manches ernste Problem auf die Schippe oder besser den Umzugswagen genommen. Vielleicht ist es auch das, was die Menschen im Karneval so jubeln lässt? Wenn sie dann so am Straßenrand die bunten Züge verfolgen und

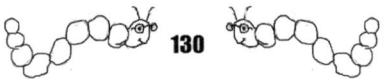

schreien bis sie vor Trockenheit einen Teppich im Mund haben, der dann wieder mit reichlich Getränken, besonders alkoholischer Art, aufgeweicht werden muss, ist das schon toll. Und der Sprachkäse, der dabei manchmal fabriziert wird, lässt jeden Duden alt aussehen. So viele kreative Wortschöpfungen gibt es in dieser geballten Form sonst das ganze Jahr nicht.

Ja und das meiner Meinung nach beste an dieser Zeit ist ja die Kussfreiheit. Da darf ungestraft jeder jeden abknutschen ohne in den Ruf zu kommen aufdringlich zu sein. Sogar den Chef darf man küssen!!! (So man das tun will!) Und der Chef darf die Chefputzfrau.... Nein, diesen Gedanken spinne ich mal besser nicht weiter, sonst werde ich nicht zu Boden geknutscht, sondern mit einem gezielten Schlag mit der Bratpfanne dort hin befördert. Aber es ist schon interessant, welche Blüten diese fünfte Jahreszeit so alles treibt. Und sei es nur in unseren Köpfen. Dabei habe ich noch nicht mal alle Aspekte beleuchtet, die mir dazu so einfallen.

Doch dazu habe ich jetzt keine Zeit mehr. Ich muss schnell mein Kostüm anziehen und den größten Schirm aussuchen, sonst verpassen ich

noch den Wagen mit der Schokolade. Wenn ich die in mitten der Massen aufgegessen habe, brauche ich keine Schminke mehr und es bleibt auch noch genug übrig um ein paar klebrige Schokoladenschmatzer an meine Nachbarn zu verteilen. Am Abend werde ich mich dann an der Aktion „Vernichtet den Alkohol" beteiligen und morgens dann mein neues Haustierchen, einen kräftigen Kater, pflegen. Ihr wisst ja : Am Aschermittwoch ist alles vorbei!

Also dann tschüss und Helau, Allaf oder wie auch immer

Euer Karnevalsphilosoph
Katz-en-Jammer

Das andere Geschlecht

Alien – Mann

Welche Frau hat sich nicht schon mal gefragt, warum ihr Mann sie nicht versteht. Dafür gibt es sicher mindestens tausend Anlässe und Gründe. Und ebenso viele Antworten. Außerdem liegen jede Menge wissenschaftliche Studien vor, die beweisen, wie verschieden beide Geschlechter sind und warum das so ist. Da gibt es zum Beispiel die Studie über die Nutzung der Gehirnhälften, oder die über die verschiedenen Furchungen von männlichen und weiblichen Gehirnen. Ja, es soll sogar eine Studie darüber geben, die versucht einen Zusammenhang zwischen stammesgeschichtlicher und gesellschaftlicher Entwicklung und der unterschiedlichen Rolle der Geschlechter herzustellen. Derartige Studien werden vom jeweils anderen Geschlecht immer gern herangezogen, wenn es um die Begründung für scheinbares Fehlverhalten, in einer gerade erlebten Diskussion oder einer praktischen Lebenssituation geht. Ich erinnere da nur an das immer wieder gern verwendete Beispiel mit dem Einparken und dem Zuhören. (Zu diesem Thema wurde sogar ein Spielfilm

gedreht!)
Diesen vielen mehr oder weniger wissenschaftlichen Aussagen will ich nun heute eine weitere Theorie hinzu fügen. Diese entstand bereit vor längerer Zeit im Rahmen einer (zugegebenermaßen durch den Genuss von reichlich Alkohol angestoßenen) Diskussionsrunde in einem befreundeten Sience Fiction-Club. Dabei wurde von der mathematischen Theorie der Mengenlehre ausgegangen. Hinzu kamen verschiedene Gesichtspunkte über das Vorhandensein von Paralleluniversen. Im Mix entstand daraus die Theorie, dass auf unserer schönen Erde eigentlich mindestens *zwei Universen* vorhanden sind. Das Universum der Männer und das Universum der Frauen. Diese beiden sind grundverschieden voneinander. ABER: Es gibt Überschneidungen, sogenannte Schnittmengen, zwischen diesen beiden Universen. Diese Schnittmenge ist allerdings nur sehr klein und eng begrenzt. Durch diese Theorie wird eine sehr einleuchtende Erklärungen geliefert, warum das Verständnis zwischen den Geschlechtern so gering und schwer herstellbar ist. Wo allerdings die Schnittmengen zwischen den zwei Universen

genau liegen, konnte noch nicht eindeutig geklärt werden. Da es individuell verschiedene, also personenbezogene Schnittmengen zu geben scheint, wird an dieser Theorie weiter geforscht. Was bis jetzt eindeutig geklärt werden konnte, ist die Tatsache, das es entwicklungsgeschichtlich große Ähnlichkeiten in der Physiognomie, sprich im äußeren Erscheinungsbild, gibt, ja geben muss. Wie sonst ließe sich erklären, dass trotz aller Unterschiede eine gegenseitige Anziehungskraft zwischen den Individuen beider Universen existiert.

Wie ich darauf komme? Nun, ich hatte heute eine Diskussion mit meinen Kollegen und keiner verstand, was der andere eigentlich sagen wollte .Selbst wenn wir dieselben Wörter verwendeten, so verbarg sich doch für jeden ein anderer Sinn dahinter. Wer würde sich da nicht zur Suche nach den Ursachen dafür hinreißen lassen?

Männertag

Eigentlich ist das ja, im Gegensatz zum Frauentag, ein kirchlicher Feiertag. Aber **das** haben heutzutage viele vergessen. Dafür haben sich die Männer diesen Tag als den ihren eingeheimst. (Weil Gott ja ein Mann war!??!) Na, wie auch immer. Doch auch diese Domäne geben die Herren immer mehr auf.
Es gab Zeiten, als die Männer noch nicht offiziell feiern durften, da war dieser Tag viel interessanter. Das ist ja immer so, mit allem was verboten oder zumindest unerwünscht ist. Dieser Tag strahlte einen eigentümlichen Reiz aus, dem Man(n) nur schwer widerstehen konnte.
Ich kann mich noch gut daran erinnern. Es mag jetzt so an die 20 Jahre her sein. An dem Tag *vor* diesem Tag häuften sich immer unheimlich viele rätselhafte männliche Krankheitsfälle. Und die Symptome waren nach 24 h deutlich sichtbar:
Männliche Personen in Schlafanzügen oder anderen höchst merkwürdigen Kleidungsstücken liefen oder radelten auf den Straßen herum. Ihre Fahrräder und sonstigen fahrbaren Gerätschaften hatten sie mit Blumen

und anderem Grünzeug sehr originell geschmückt. Außerdem löste die Krankheit überschwängliche Freudengefühle in Form von lauten Jubel-Rufen oder unartikulierten Schreien aus. Als äußeres Zeichen der Erkrankung hatten manche auch kleine Wägelchen mit „persönlichen Medikamenten" dabei. Diese waren in Flaschen abgefüllt, deren Heilkraft in Promille gemessen wurde. Deren Dosierung gestaltete sich nicht einfach und war individuell unterschiedlich. Eines aber war sicher: Man musste davon ziemlich viel und in sehr kurzen Zeitabständen zu sich nehmen. Wie bei allen Medikamenten, gab es auch in diesem Fall mitunter heftige Nebenwirkungen. Diese reichten von erhöhtem Harndrang über Inkontinenz und Magenproblemen bis hin zu heftigsten Kopfleiden.

Manche dieser Nebenwirkungen traten in kürzester Zeit nach der Einnahme auf, andere zeitlich versetzt. Diese Zeitdifferenz konnte sich in schweren Fällen auf *mehr als eine ganze Tageslänge* erstrecken. Dann wiederum mussten die Nebenwirkungen bekämpft werden. Das geschah entweder mit der selben Medizin, die die Nebenwirkungen

hervorgerufen hatte oder man griff zu Naturprodukten wie gesäuerten Gurken oder Fischen.

Ja, so war das damals. Heutzutage bekennen sich die **Männer** viel offener zu **ihrer Ein-Tages-Krankheit,** verstecken sich nicht mehr oder kaum noch in Kostümierungen und tarnen sich auch nicht so augenscheinlich mit reichlich Grün. Außerdem werden die Symptome vielfach durch anwesende Frauen und Kinder erheblich abgemildert. Doch ganz aussterben wird sie wohl so bald nicht, die **Krankheit *Männertag*,** weil sie immer wieder in der männlichen Erbfolge weiter gegeben wird. Und das ist gut so!

Das Reh mit dem Pullover

Hatten sie schon mal das Gefühl beobachtet zu werden? Obwohl sie niemanden in ihrer näheren Umgebung entdecken konnten. Und andersherum? Sie fühlen sich unbeobachtet und dabei sind sie längst im Visier eines unsichtbaren Auges. So etwas passiert! Ich selbst habe es erst unlängst erlebt.

Es war bei einer Familienfeier etwas außerhalb von Hoyerswerda. Nach reichlichem Essen und einer Kutschfahrt wollten wir uns ein wenig die Beine vertreten, oder in Abwandlung einer Zeile aus einem bekannten Gedicht:"Wir gingen im Walde so für uns hin, Verdauung zu suchen war unser Sinn..."
So waren wir denn schon eine ganze Weile durch den Wald gelaufen, hatten uns dabei nett unterhalten und waren über so manchen herumliegenden Baumstamm gestiegen. Auf unserem Weg waren wir gerade an einem Kanal angekommen, der ein bräunliches Wasser führte. Unser aktuelles Gespräch drehte sich deshalb um das aktuelle Thema: Bergbau und Grundwasser. Mitten in der schönsten Diskussion hörten wir auf einmal, wie sich uns von hinten ein Auto näherte. Der

beim Wandern etwas zurückgefallene Teil der Truppe sprang flink zur Seite und rief den vorderen zu, gleiches zu tun. Ein Auto an dieser Stelle des Waldes war zwar seltsam, aber es hatte sicher seine Richtigkeit. Davon gingen wir prinzipiell erst einmal aus. Doch der Fahrer wollte gar nicht vorbei. Zwischen beiden Gruppen stoppte er, sprang heraus und wartete bis auch die letzten heran waren. Im lockeren Gesprächston erkundigte er sich nach dem Grund unseres Waldspazierganges. Nachdem wir ihm darüber Auskunft erteilt hatten, meinte er, dass er uns vom Feuerwachturm aus gesehen habe. Und weil er es *unüblich* fand, dass gerade in diesem Waldstück herum spaziert wurde, wollte er sich halt mal Klarheit über unsere Absichten verschaffen. Wobei wir natürlich gern behilflich waren. Immerhin gingen wir davon aus, dass ein Waldspaziergang an sich keinerlei Gefährdung darstellt. Keiner rauchte. Keiner warf etwas weg. Wir liefen nur, redeten und tankten frische Luft.

Doch dieser Herr sah das wohl etwas anders. Mit dem Hinweis darauf, das Jäger unterwegs wären und schon so manchen Wanderer für ein Reh gehalten hätten, verabschiedete er sich. Im

Weggehen ergänzte er dann noch, dass diese Jäger ab und an auch auf Rehe schießen würden. Er sprang wieder in sein Auto und weg war er. Ich glaub, wie ein Reh haben wir in dem Moment auch geguckt! Was sollte das denn für eine Ansage sein? Oder hat schon mal jemand aufrecht gehende Rehe mit Bekleidung gesehen? Wildschweine mit T-Shirt? Rehe mit Kleid,Pullover oder Hose? Nach einer Schrecksekunde hatten sich alle wieder gefangen. Um den Schreck über die Rede zu verdauen, wurde es in Humor umgesetzt. Das Thema waren jetzt ulkige Sprüche der Marke „Ich bin ein Reh und was bist du?".
Als wir bereits wieder auf dem Rückweg waren, fiel es uns dann wie Schuppen von den Augen. Wir fanden nämlich heraus, weshalb der Mann so scheinbar aufmerksam um uns besorgt war. Nicht die Sorge um uns als Wanderer oder der Schutz vor herum fliegendem Jägerschrot war der Hauptgrund für sein Erscheinen und den Belehrungseifer. Einer von uns trug ein dunkelgrünes Hemd und der andere war in Schlips und Kragen. Na, wenn der gute Mann da mal nicht eine Kontrolle von der Forstbehörde oder so gewittert hatte!

Gedankenspielereien

*Wir brauchen Trauminseln der Gedanken,
um im Fluss des Lebens nicht zu ertrinken.*

Es kommt mitunter vor, das kleine Kobolde durch unsere Gedanken turnen. Sie veranlassen uns zu Gehirnjogging auf den merkwürdigsten Gebieten. Das heißt, wir spielen mit Gedanken oder alltäglichen Worten und Begriffen, drehen und wenden sie, formen sie nach unserem Willen. Dabei kommen manchmal recht merkwürdige Assoziationen heraus. Sie lassen uns aber auch bekannte Dinge aus völlig neuem Blickwinkel betrachten.

Gewürze – Farben - Natur

Der Himmel ist *zimtfarben*. Haben sie das schon mal gehört? Ich war auch ziemlich verblüfft, als ich diesen Satz zum ersten Mal hörte. Vor allem, weil er von jemandem kam, von dem ich eine derartige poetische Äußerung am aller wenigsten erwartet hätte. Dieser Satz kam von einem 8jährigen Kind! Einem ansonsten lauten, nur Blödsinn im Kopf habenden, Bengelchen. Der Junge besaß wirklich viel Phantasie. Natürlich wollte ich wissen, wie er darauf gekommen ist. So richtig erklären konnte er es aber dann doch nicht. Es fehlten die passenden Worte. Doch instinktiv empfand er es so. Er meinte, dass manchmal vor einem Gewitter der Himmel so aussehen würde wie der Zimt auf seinem Milchreis. Der Vergleich hat mich etwas verblüfft. Ich bin mir zwar noch immer nicht sicher, ob das wirklich auf seinem Mist gewachsen ist, aber zuzutrauen ist es ihm. Immerhin fand er damit einen bildhaften Vergleich von einer Himmelserscheinung mit etwas sehr realem, ihm wohl bekannten.

 Aber wie auch immer. Eine interessante Hypothese ist es trotzdem. Vor allem, weil sie

mich dazu veranlasste mir den Himmel, den man ja sonst eher wegen des Wetters betrachtet, mal im Bezug auf seine Färbung genauer anzuschauen. Ausgehend von dem Satz mit der Zimtfarbe, versuchte nun auch ich Vergleich mit irgendwelchen Gewürzen oder Küchenkräutern in den Farben des Himmels zu finden. Das war gar nicht so einfach! Am leichtesten ging es noch mit dem Pfeffer, oder Salz, oder Zucker. Hier ließ sich noch am ehesten eine Assoziation herstellen.; ein bedeckter Himmel, kurz vor einem aufziehenden Gewitter oder Regen, ja das könnte passen. Die Bäume, wenn sie mit Raureif bedeckt sind. Doch wo sollte ich den Zimt suchen? Ich fand ihn am Treffendsten im nächtlichen, von den Lichtern der Großstadt Dresden beleuchteten, wolkenverhangenen Herbsthimmel. Die von den Lichtern der Stadt angestrahlte dunstige Luftglocke sah wirklich so ähnlich aus, wie es der Junge beschrieben hatte.

Na gut, Paprika hab auch noch gefunden, im von der aufgehenden Sonne gefärbten Sommerhimmel. Das strahlende goldgelb von der Sonne passt vielleicht zu Safran.
Und Gurken und Sternfrüchte *schmecken*

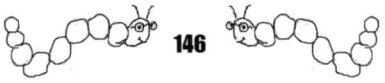

grün!
Auch heute noch, viele Jahre nach dieser Fahrt, ertappe ich mich manchmal dabei, die Farben des Himmels zu betrachten und Gewürzen zuzuordnen.

Geburtstagsgedanken

Das Alter schleicht sich heran wie eine Katze. Auf leisen Pfoten und von allen unbemerkt. Plötzlich schreckt man hoch, weil ein bestimmtes Datum auf dem Kalender steht und einem signalisiert, dass man wieder ein Jahr älter geworden ist. So geht es auch mir. Ich habe Geburtstag! Und was mache ich? Ich sitze allein vor dem Fernseher, guck mir irgendwelchen Quatsch an und grüble ab welchem Alter man nicht mehr und wann man wieder feiern sollte. Klar, habe ich Glückwunschkarten bekommen und die Kinder haben auch angerufen, aber es ist eben keiner hier. Die Notwendigkeit der Arbeitssuche trieb sie hinaus in alle Welt. Nachher werde auch ich auf Arbeit gehen, wie an jedem Tag zuvor und jedem danach. Werde es keinem sagen, was heute für ein Tag ist. Muss sonst nur einen ausgeben und krieg eventuell dumm-witzige Sprüche zu hören. Das will ich aber nicht. Lieber behalte ich meine selbstgewählte Schweigepflicht bei. Ich werde eben alt und irgendwie sentimental. Es heißt immer „Mit dem Alter wird man weise".Blödsinn! Man wird grau, kriegt Falten und die Augen wollen auch nicht mehr so wie früher. Ich sage dann immer: „Die Augen sind noch gut, nur die Arme sind zu kurz." Und die Zähne wachsen nicht mehr im Mund, sondern in einem Labor.. Das ist wie mit Haushaltsgegenständen. Mit der Zeit hat man zu wenig, weil alles kaputt geht und plötzlich hat man wieder zu viel davon. Manchmal meint man dann, dass sie gar nicht mehr alle hinein passen in den Mund. Die Zunge, die bisher viel Freiraum hatte, fühlt sich auch eingeengt. Sie ist auch das Einzige, was noch genau so scharf und spitz ist wie früher. Und meine innere Unruhe. Oder nennt man das Neugier? Die merke ich besonders im Urlaub. Ach, da halte ich es mal gerade so drei Tage an einem Ort aus. Dann meine ich alles gesehen zu haben und es treibt mich weiter. Ja, der Urlaub. Auf den freue ich mich immer ganz besonders. Da kommt man raus, hat jede Menge Luftveränderung und gewinnt neue Eindrücke von denen man dann wieder zehren kann. Vielleicht sollte ich mir mal wieder eines von den Videos ansehen, die ich dort aufgenommen habe. Zeit dazu habe ich ja noch.

Ha! Ich werde mich doch jetzt nicht etwa

hängen lassen? Na, das kann ja wohl nicht sein. Ich werde mich aufraffen und Essen gehen. Jawohl! Ich gehe jetzt mit mir selber hinüber zum Griechen und lasse mir was feines kochen. Will doch mal sehen, was ich zur Feier des Tages anziehe! Der Kleiderschrank ist voll und ich weiß nicht was ich anziehen soll. Das ist mal ein guter Witz! Also mache ich die Schranktüren weit auf, stelle mich davor und gucke hinein. Mal sehen. Das Wetter ist gut, die Sonne lacht, also was leichtes, freundlich buntes. Vielleicht das mit den großen Blüten? Toll! Ich bin eine Blüte. Und das gleich in mehrfacher Hinsicht. Da grüble ich und grummle vor mich hin, dabei sollte ich mich eigentlich freuen. Mir geht es gut, die Kinder sind wohl geraten und auch ansonsten läuft im Moment alles nach Plan. Einem selbst gesteckten Plan wohlgemerkt! Ohne Plan läuft nichts, das hat mir schon meine Oma beigebracht. Jetzt reicht es aber! Ich stehe ja noch immer vor dem Schrank, dabei wollte ich längst am gedeckten Tisch sitzen. Und jetzt klingelt es noch an der Tür. Ich öffne... Da steht der Postbote mit einer großen Kiste. Für mich?... Das kann doch nicht sein? Ich habe nichts bestellt. Doch er nickt eifrig, lässt sich den Empfang bestätigen und fort ist er. Neugierig geworden schleppe ich das riesige Unikum von Kiste herein. Ich öffne den Karton. Heraus kommt ein riesiger Blumenstrauß mit einer Karte. Alle Kinder haben unterschrieben. Ich strahle das die Ohren Besuch kriegen. Was für ein verrückt – schöner Tag!

Pitti – aus den Memoiren eines Nymphensittichs

Ich bin jetzt schon mehr als 4 Menschenjahre alt, also sozusagen im besten Hahnenalter. Und ich bin das, was die Menschen einen etwas verrückten Hahn nennen würden. Hab aber auch schon ganz schön viel erlebt! Woher ich stamme, weiß ich nicht mehr. Bevor ich einen Ring mit meiner Adresse bekommen konnte, bin ich dort nämlich ausgebüxt. Wollte einfach mal die Welt draußen kennenlernen. Mann, war das aufregend! Die sahen alle ganz anders aus als meine Geschwister und ich. Aber irgendwie konnten die mich alle nicht leiden, besonders solche ganz großen schwarzen und schwarzweißen Mitvögel. Ich musste ganz schön flattern, um ihren hackenden Schnäbeln zu entkommen. Völlig außer Puste landete ich auf so einem komischen rollenden Kasten. Der hatte wenigstens einen Ast zum Ausruhen, auch wenn es eigentlich gar nicht wie ein Ast aussah. Weil ich so außer Puste war, merkte ich gar nicht, wie sich ein Mensch an schlich und einfach eine Decke über mich warf. Natürlich war ich fürchterlich erschrocken und begann zu zappeln und zu zetern. Aber es half nichts. Ich wurde einfach weggeschleppt. Weit ist es aber nicht gegangen. Dann hatte ich es geschafft und mich aus der Decke befreit. Heidewitzka, wollte ich weg fliegen, doch ich kam nicht weit. Den Wänden bin ich ganz geschickt ausgewichen. Nur eine Stelle schien in die Freiheit zu führen. Dachte ich jedenfalls. Gesehen habe ich nichts ungewöhnliches, Als flog ich genau dort hin. Aber die Luft war an dieser Stelle merkwürdigerweise so dick, dass ich glatt dagegen geknallt bin. (Später habe ich dann heraus bekommen, dass man diese dicke Luft >**Fenster**< nennt). Was sollte ich machen, rings herum war alles zu. Also setzte ich mich erst einmal auf einen langen geraden

Ast mit solchen komischen Ringen dran. (Bei den Menschen heißt das Ding *Gardinenstange* .) Jedenfalls war es hoch genug, um nicht wieder eingefangen und unter eine Decke gesteckt zu werden.

Als der Mensch weg war, begann ich mich umzusehen und entdeckte einen Artgenossen in einem Häuschen aus Draht. Da keine Gefahr in Sicht war, flog ich zu ihm hinunter. Wollte ihn ein bisschen ausfragen was und wie das hier so ist. Er stellte sich als „Koko" vor und erzählte, dass er schon viele Jahre bei seinem Menschenweibchen lebt und es ihm hier ganz gut gehe. Leider sehe er etwas schlecht und bräuchte eigentlich eine Brille. Beim Fliegen stürze deshalb meist ab. Deshalb gehe er lieber zu Fuß und lasse sich dann von seinem Menschen wieder in den Käfig (so nannte er sein Drahthaus) heben. Na ja, das war nicht so mein Ding und außerdem war ich durch meinen Ausflug in die Freiheit ziemlich misstrauisch geworden. Aber sonst war der alte Herr Koko ganz nett. Und warum sollte ich nicht mit ihm zusammen wohnen, wenn ich schon einmal hier bin.

Am Anfang ging das ja ganz gut, doch mit der Zeit muss ich dem Alten mit meinem jugendlichen Temperament wohl mächtig auf die Nerven gegangen sein. Er wollte meistens seine Ruhe haben und ich wollte was unternehmen. Also nutzte ich die Tatsache, das die Käfigtür immer offen stand für Ausflüge in meine neue Umgebung. Dabei entdeckte ich viele interessante Dinge. Vor allem gab es vieles an dem man herum knabbern konnte. Am Anfang hab ich das ganz heimlich gemacht. Manchmal konnte ich sogar den alten Koko überreden dabei mitzumachen. Doch als unser Mensch das entdeckte, gab es ein mächtiges Donnerwetter und wir mussten ein paar Tage im Käfig bleiben. „Stubenarrest" nannte das der Mensch! Das hat mit gar nicht gefallen. Doch auch das ging vorüber. Meine weiteren Ausflüge unternahm ich fliegend. Dabei entdeckte ich wie gut Tapete schmeckt. Frauchen war davon gar nicht begeistert! Dabei war die abgeknabberte Stelle nicht mal so groß wie ich! Aber um weiteren Ärger und Stubenarreste zu vermeiden, suchte ich mir eine Stelle, wo sie es nicht sehen konnte. Dazu flog ich auf den großen Schrank. Auf dem stand noch ein kleinerer. Und wenn ich dahinter saß, war ich nicht zu sehen und konnte genüsslich Tapete knabbern. Zunächst klein und unbemerkt, aber dann immer größer wurde mein Betätigungsfeld. Irgendwann hatte ich mich so weit vor geknabbert, das man es nun doch sehen konnte. Die darauf folgende Strafe war schlimmer als alles zuvor! Eine große dicke Hand packte mich und hielt mich fest. Ich schrie, zeterte, schnappte so gut es ging um mich und biss was ich beißen konnte. Doch nichts half. Mein Flügel wurde breit gezogen und schnip schnap, da war es passiert. Meinen schönen Schwanzfedern erging es genauso. Jetzt musste ich ebenso zu Fuß gehen wie Koko. Man, war das beschwerlich! Ich wollte wieder fliegen und zwar so bald wie möglich. Das nahm ich mir fest vor. Ja und als es dann so weit war, war ich auch ganz schnell wieder oben hinter meinem Schrank. Ach war das herrlich, endlich konnte ich wieder an die Tapete und musste nicht mehr nur an dem ollen Stein herum nagen, der im Käfig hing. Doch lange konnte ich mich nicht daran erfreuen. Frauchen merkte sehr schnell, das ich wieder hinter den Schrank flatterte. Na klar, das ihr wieder eine neue Gemeinheit einfiel. Sie nannte es „Knast für lebenslänglich". Den alten Herrn Koko störte das nicht. Er saß sowieso meist auf seiner Stange und döste vor

sich hin. Ich war davon gar nicht erbaut.
Dieser *Knast* war zwar viel größer als unser
alter Käfig und man konnte darin sogar ein
wenig herum flattern, aber... na, ich weiß nicht
so recht?! Zwei Winter und einen Sommer
wohnten wir beide gemeinsam darin. Dann
starb der alte Koko. Nun war ich ganz einsam.
Frauchen war auch selten da. Sie sagte immer
sie müsse Körner verdienen gehen. Und auch
das Lied, welches sie mich pfeifen gelehrt
hatte, machte kaum noch Spaß. Vor lauter
Langerweile begann ich an meinem Federkleid
herum zu zupfen. Nach und nach zog ich mir
die Federn aus dem Gefieder. Hat zwar nicht
so viel Spaß gemacht, wie das Knabbern an
der Tapete, aber ich hatte wenigstens eine
Beschäftigung. Bis ich eines Tages merkte,
dass mein Hinterteil immer schnell kalt wurde.
Verflixt, da war ich ja hintenrum schon ganz
nackig! Das merkte natürlich auch Frauchen.
Sie schüttelte besorgt den Kopf und murmelte
etwas von „so kann das nicht weiter gehen"
und „eines Tages sieht er aus wie die Hühner
von Witwe Bolte vor der Bratröhre". Ich kenne
zwar die Witwe Bolte nicht, aber es schien
nichts gutes zu bedeuten.

                                    Und dann

kam der Tag, der mein ganzes bisheriges Vogelleben völlig aus der Bahn warf. Frauchen werkelte an meinem Käfig herum, das mir Angst und Bange wurde. Erst nahm sie mich heraus, dann ihn auseinander. Und dann steckte sie mich zu allem Überfluss auch noch in eine kleine dunkle Schachtel mit Löchern drin. Eine Weile ruckelte und rumpelte es. Dann stand die Schachtel still. Da mir die Schachtel nicht geheuer war, unternahm ich einen Selbstbefreiungsversuch. Doch ehe ich das Loch groß genug geknabbert hatte, wurde ich ans Licht gehoben und zurück in meinen Käfig gesetzt. Zitternd am ganzen Leibe saß ich nun auf meiner Stange und schaute mich um. Moment mal, das war doch nicht meine bekannte Umgebung?! Außerdem stand daneben noch so ein großer Käfig. Und da waren welche drin, die mir ähnlich sahen. Nur kleiner als ich waren sie. Auch der Raum war ganz anders und andauernd kamen hier irgendwelche fremden Leute vorbei. Doch ehe ich das alles verarbeitet hatte, sagte Frauchen „tschüss" und „Du wohnst jetzt hier. Hier hast du Gesellschaft und immer jemanden der dich besucht. Hier bist du nicht mehr so allein." Dann war sie weg. Jetzt wohne ich also *hier*.

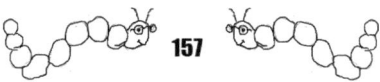

Hier ist ein Haus, wo ganz viele alte Leute wohnen, wie ich inzwischen erfahren habe. Ob ein Fluchtversuch gelingt wenn ich mich ganz lieb stelle und ihnen was vor pfeife?

Ursprünge

Manchmal, wenn es meine Zeit zulässt, grüble ich über den Ursprung verschiedener Dinge. Unlängst geriet das allseits bekannte Brettspiel „Mensch ärgere dich nicht"in den Fokus meiner Phantasie. Da ich reichlich Phantasie habe, stellte ich ein paar Gedankenspiele darüber an, wie dieses Spiel eigentlich entstanden sein könnte. Als erstes fielen mir unsere urzeitlichen Vorfahren ein, die ja bekanntlich in verschiedenen Sippen miteinander lebten. Diese Sippen hatten sicher mitunter auch Zoff untereinander und dann ging es Marke „Haut den Lukas" - mit Keulen, Steinen und sonstigen nicht immer ganz feinen Mitteln auf einander los. So etwas dezimierte natürlich die Sippe, sorgt für Kranke und Krüppel und lichtete die Reihen derer, die los zogen, um als Ernährer das notwendige

Fleisch zu beschaffen. So konnte das nicht weiter gehen! Deshalb gab es eine große Versammlung der Medizinmänner, um andere Wege zur Klärung von Streitigkeiten zu finden. Natürlich wurden, wie in solchen Fällen üblich, auch Knochen– und Steinorakel geworfen und befragt. (Hatte ich mal in einem Fernsehfilm so gesehen.)Und genau dabei kam ihnen die rettende Idee! (Sagt meine Phantasie!) Statt der Leute, die sich gegenseitig auf die Köpfe hauten, konnten als Ersatz kleine Figürchen gefertigt und in einem etwas anderen Kampf verwendet werden. Dadurch wurde das Personal geschont. Und ging mal so ein Stellvertreter-Figürchen entzwei, wurde eben ein neues gefertigt. So wurde es also beschlossen. Jede Sippe hatte solche Figürchen zu fertigen und im Fall von Streitigkeiten bereit zu halten. So konnten dann die Kämpfe auf dem Höhlenboden austragen, Figuren umgehauen, geköpft und verprügelt werden. Aber nach welchem System sollten diese umgehauen werden??? Hier halfen wieder die Orakelsteine. Für jede Sippe wurde ein ganz spezieller Stein angedacht. Doch das war es noch nicht. Dann kam Sippenmitglied Zufall zu Hilfe. Einer der

Orakelsteine war nämlich zu eckig für das „normale Orakel". Dieser wurde jetzt umfunktioniert. Auf jede Fläche wurde ein Stammeszeichen gesetzt. Jetzt hatte man einen Stein, der für mehrere Stämme reichte. Hurra! Der Würfel war erfunden. Ob er allerdings damals schon so hieß ist fraglich, aber das Prinzip war wichtig, nicht der Name. Damit hatte man schon mal eine Möglichkeit gefunden festzulegen, wer jeweils angreifen durfte. Nun aber kam das nächste Problem. Die Sippenchefs murrten darüber, das ja immer die Sippe gewinnen würde, die die meisten Mitglieder hatte, weil die ja bei jedem Kampf die meisten Figürchen ins Gefecht führen konnten. Damit war klar, dass die am Ende auch die meisten übrig haben würde. So ging es also auch noch nicht ganz. Schließlich einigten sich die Medizinmänner darauf, dass jede Sippe die gleiche Anzahl an Figuren zur Verfügung haben musste. Damit war eine Art von Gerechtigkeit und Gleichbehandlungsprinzip aller erreicht.
Doch was sollte man als Spielfläche verwenden? Den gesamten Boden einer Höhle konnte man nicht verwenden, wo sollte sich dann die Spieler platzieren. Und auch gewisse

Regeln, die für alle gleichermaßen zu gelten hatten, mussten festgelegt werden. Hier lieferte die Natur das beste Vorbild. Da gab es Wege, die von den Jägern immer wieder benutzt wurden, um zu den Jagdgründen zu ziehen, Fallen, die sie anlegten und natürlich die Höhlen, wohin man sich in Sicherheit bringen konnte. Das konnte für das Spiel genutzt werden! Nach langem und komplizierten hin und her, bei dem es sicher auch die eine oder andere Handgreiflichkeit gab, wurde daraus ein Spielfeld entwickelt. Es hatte Wege, die zu beschreiten waren, Kampfpunkte, an denen es zu spielerischen Gefechten kam, Fallen und Hindernisse, die zu umgehen waren, bis hin zur schützenden Höhle, die erreicht werden musste. Für alle musste dieser Weg die gleiche Länge haben und für alle mussten die gleichen Regeln gelten.

Endlich war es geschafft. Einer der Höhlenmaler brachte das nun zu Papier, Verzeihung auf eine Tierhaut. Und gleich danach ging es an eine erste Testphase. Die Häuptlinge setzten sich im Kreis um die Tierhaut, die Medizinmänner erklärten die neuen Kriegsregeln und wachten über deren

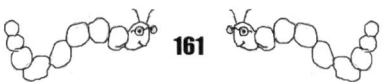

Einhaltung. Der Häuptling fungierte als Spieler. Der Rest der Sippe stand hinter seinem jeweiligen Häuptling und feuerte ihn an.

 Natürlich wurden im Verlauf der Jahrhunderte noch zahlreiche Veränderungen vorgenommen. Auch der heutige Name des Spiels „Mensch- ärgere dich nicht" tauchte sicher erst sehr viel später auf. Doch die ersten Anfänge könnten so gewesen sein.(Sagt meine Phantasie!)

Zeit

Es ist schon eine merkwürdige Sache mit dieser Zeit. Eigentlich ist sie immer und überall da. Und war es auch schon vor Urzeiten. Da haben wir es schon wieder. Ich denke, dass sie eigentlich unendlich, unfassbar und allgegenwärtig ist. Doch das ist für uns kleine Menschlein mindestens eine Nummer zu groß. Deshalb wollen wir sie für uns fassbar machen. Wir zwängen sie wie Kuchenteig in eine viel zu enge Form. Dann hacken wir sie in

winzig kleine Stücke, denen wir dann Namen geben, Sekunde, Minute Stunde, Tag usw. Ich will hier keineswegs eine physikalische Abhandlung entwickeln, nur eine kleine Analyse aus meiner ganz persönlichen Sicht. Zu diesem Thema hat sicher jeder einen ganz persönlichen Zugang. Aber jedem von uns ist sicher schon öfters aufgefallen wie individuell verschieden unser Zeitgefühl sein kann.
Nehmen wir einfach mal eine Situation heraus: Sie sind ein Kind. Es ist Weihnachten und sie warten auf den Weihnachtsmann. Bereits früh beim Aufstehen fängt es an zu kribbeln. Doch die Geschenke gibt es erst am Abend. Bis dahin sind es „nur" etwa zehn Stunden. Eine Zeitspanne, die angefüllt ist mit knisternder Erwartung. Um sie abzulenken gehen ihre Eltern mit ihnen spazieren, machen Gesellschaftsspiele oder lassen sie einfach Fernsehen. Denn das Programm an diesem Tag bietet viel Abwechslung für ungeduldige Kinder. Zwischendurch wird dann auch noch gegessen, die letzten Baumschmückarbeiten durchgeführt und die guten Sachen, die am Abend getragen werden sollen, heraus gesucht. Meist kommen dann auch noch Oma, Opa oder sonstige Verwandte zu Besuch.

Eigentlich ein Tag der angefüllt ist mit
Aktivitäten aller Art. Trotzdem scheint die
Zeit zu schleichen. Mit dem Tempo einer
Schnecke bewegt sich der Zeiger der Uhr
vorwärts. Manchmal sagt man auch, sie dehne
sich wie ein Gummi. Dann endlich ist es so
weit. Alle Tagesaufgaben sind erledigt und die
Familie wartet auf das Zeichen für die
Bescherung. Es klopft. Herein tritt der
Weihnachtsmann mit seinem großen Sack.
Jeder sagt sein Gedicht, erhält sein Geschenk.
Dann geht der Weihnachtsmann auch schon
wieder und die Aufregung ist vorbei. Innerhalb
kürzester Zeit. Dabei dauerte die Bescherung
fast eine Stunde. Aber diese verflog wie ein
Hauch.
Oder eine andere Sache. Sie gehen zu ihrem
ersten Rendezvous. Stundenlang probieren sie
vorher welche Sachen sie anziehen, wie sie auf
einander zu gehen, welches ihre ersten Worte
sein werden. Dann ist die Zeit heran. Sie
wissen, es dauert nur noch wenige Minuten
und sie werden ihren Schatz in die Arme
schließen,küssen, oder mit ihm ins Kino
gehen. Wenige Minuten...doch sie dauern eine
Ewigkeit. Dann verbringen sie zwei, drei oder
mehr Stunden miteinander. Die Zeit fliegt nur

so dahin und ehe sie es sich versehen ist sie vorbei.
So ist das in vielen Dingen. Da sag noch einer Zeit sei schön einteilbar. Sie wissen schon..Minuten, Stunden..Ja, so ist das auf der Uhr. Doch für jeden von uns gibt es auch noch eine persönliche Zeit. Und die läuft sehr verschieden, mal schnell und mal quälend langsam. Wie ging es ihnen beim Lesen dieser Zeilen? Lief da die Zeit schnell oder haben sie sich hindurch gequält?
Sehen sie, so geht das Tag für Tag. Dinge, die uns erfreuen sind oft viel zu schnell vorbei. Trotzdem erinnern wir uns länger an sie als an unerfreuliche, auch wenn diese mitunter lang anhaltender sind. Sammeln wir also die kurzen schönen Momente, machen einen bunten Strauß daraus und freuen uns darüber so oft und so lange wie möglich. Dann wird es eine gute Zeit!

Wenn einer eine Reise tut….

(ein Rückblick auf viele Reisejahre)

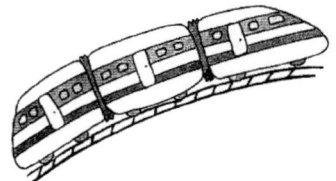

Die drei Pfennige

Ich war damals im zarten Alter von knapp 3 Jahren. Deshalb kann ich mich auch nicht mehr an alle Einzelheiten selbst erinnern. Aber meine Mutter hat mir im Laufe der Jahre diese Geschichte so oft erzählt, das ich sie wider zugeben vermag, als sei es gestern gewesen. Wie schon gesagt, ich war drei und wir waren an der Ostsee. Wir, das waren mein Papa, meine Mama und meine Wenigkeit. Es sollte ein erholsamer Badeurlaub werden. Aber versuchen sie das mal mit einem quicklebendigen 3 jährigen Kind! Ich wollte immerzu beschäftigt werden. Meine Eltern hatten deshalb, auch um ein wenig Ruhe zu haben, einen kleinen Sandeimer mit Förmchen und einer Buddelschippe für mich gekauft .Damit sollte ich Sandkuchen backen, Burgen bauen und was man eben so mit diesen Utensilien veranstalten kann. Eine Weile ging das auch gut, aber eben nur eine Weile. Dann buddelte die Langeweile mit. Meine Eltern mussten sich etwas neues für mich einfallen lassen. Aus dem Strandkorb heraus schlugen sie vor, ich solle doch ein bisschen mit den

Füßen in der Ostsee plantschen gehen. Ich tappelte also brav in Richtung Wasser, um mir das mal aus der Nähe zu betrachten. Doch anders als in der Badewanne stand das Wasser nicht still, sondern schwappte hin und her. Und dann war es auch noch sooo riesengroß, das ich gar kein Ende sehen konnte. Erschrocken lief ich zurück zum Strandkorb und erklärte kategorisch, dass das einfach zu viel Wasser sei und ich da *nicht* reingehen würde. „Ich will meine eigene Ostsee!" brüllte ich! Glücklicherweise hatte mein Papa ein sehr sanftes Gemüt. Er nahm mich an die Hand und ging mit mir, dem Sandeimerchen und der Buddelschippe zurück in Richtung Wasser. Als wir kurz davor waren meinte er, genau hier würde er mir meine eigene kleine Ostsee bauen und dann könnte ich dort baden gehen. Dazu hob er ein großes tiefes Loch im Sand aus. Dieses füllte sich wie von Geisterhand mit Wasser. Ich war begeistert. Worauf mich Papa mit meiner kleinen Ostsee alleine weiter spielen ließ und zurück zum Strandkorb und Mama ging. Wieder war ich für eine Weile beschäftigt. Die nächsten Tage nutzte ich, um mir immer wieder eine eigene kleine Ostsee zu bauen. Die vom Vortag war früh nämlich

immer verschwunden, aber ich wusste ja jetzt wie ich eine neue bekommen konnte. Mehrere Tage hatten meine Eltern nun Ruhe, denn ich baute ja *meine Ostsee* und badete darin. Bis.... ja bis eines Tages ein riesiger Eisbär auftauchte. Keine Ahnung wo der hergekommen war. Jedenfalls hatte ich ihn in meinem Spieleifer nicht bemerkt, bis er vor mir stand. Heute würde ich mich natürlich fragen: „Wie kommt ein Eisbär an den Ostseestrand?" Damals aber brüllte ich nach bewährter Art einfach nur los. Worauf meine erschrockenen Eltern angerannt kamen, um zu sehen welch „schreckliche Dinge" nun wieder passiert waren. Ich glaube sie brauchten ziemlich lange, um mich zu beruhigen und mir klar zu machen, dass der Bär nicht echt, eigentlich doch ganz lieb und als Fotoobjekt hier war. Um mir das zu beweisen, ließen sie sich mit mir auf dem Arm fotografieren. Jenes Familienfoto mit Bär existiert übrigens immer noch!

Den größten Knaller habe ich mir allerdings wenige Tage vor Urlaubsende geleistet. Da kam mir spontan die Idee, gegen Langeweile hilft, etwas zu essen. Ich tippelte also auf meinen kleinen Beinchen zu einem Verkäufer, der am Strand an einem mobilen Kiosk Esswaren verkaufte. Nach dem ich hin und her geguckt und den Verkäufer ausgefragt hatte, wie denn die einzelnen Teile heißen,entschied ich mich für einen Mohrenkopf. Ja, den wollte ich haben und keinen anderen! Das versuchte ich auch dem Verkäufer klar zu machen. Der wiederum klärte mich darüber auf, dass ich dafür Geld bezahlen müsste. Hm, das hatte ich begriffen. Nun musste ich nur noch wissen, wie viel Geld er denn für den Mohrenkopf haben wollte. Der Verkäufer schien meinen Kaufwunsch aber gar nicht recht ernst zu nehmen und versuchte, mich aufdringliche kleine Göre los zu werden. Mich los werden! Ha, als wenn das so einfach wäre. Ich konnte schon damals ziemlich hartnäckig sein, wenn ich mir etwas in den Kopf gesetzt hatte. Das musste auch jener Verkäufer einsehen. Er merkte schnell, dass er um eine Antwort nicht drum herum kam. Also sagte er, dass ein solcher Mohrenkopf viel Geld koste. Weil ich immer noch keine Ruhe gab, nannte er die Summe von **3 Pfennigen**. Mit der Antwort war ich erst einmal zufrieden und zog auch wirklich ab. Wenn er aber gedacht hatte, er wäre mich jetzt los, so musste ich ihn

enttäuschen. Ich war einfach nur zu meinen Eltern gelaufen und hatte so lange um Geld gebettelt, bis ich meine 3 Pfennige bekam. Stolz lief ich nun zurück , um mir meinen Mohrenkopf zu kaufen. Der kostete aber nicht wirklich 3 Pfennige, sondern mehr. Deshalb wollte mir der Verkäufer auch den Mohrenkopf nicht geben. Eigentlich verständlich. Aber nicht für ein dreijähriges Kind, welches von ihm angelogen worden war. Ich diskutierte, schimpfte und zeterte so lange herum, bis sich eine ganze Menschentraube angesammelt hatte. Nun wurde auch mein Vater auf das Geschehen aufmerksam. Er wollte natürlich wissen, was das ganze Theater rund um sein Kind und diesen Verkäufer zu bedeuten hatte. Deshalb klärten der Verkäufer und auch ich ihn über den jeweiligen Standpunkt zum Thema Mohrenkopf auf. Papa war die ganze Sache natürlich ziemlich peinlich. Aber er konnte mir noch nie etwas abschlagen. Andererseits war er aber mächtig stolz auf die Hartnäckigkeit seines Kindes. Seufzend holte er das fehlende Geld aus dem Portmonee. Dabei grinste er über alle Backen. Nach dem erfolgreichen Kauf durfte ich auf seinen Schultern sitzend den heiß erkämpften

Mohrenkopf essen, während er mich zum Strandkorb zurück trug.

Auch wenn bald darauf der Urlaub zu Ende ging, die Geschichte mit den 3 Pfennigen und dem Mohrenkopf musste ich bis heute zu allen möglichen passenden und unpassenden Gelegenheiten immer wieder über mich ergehen lassen. Und die Moral von der Geschicht:

Verkäufer veräppelt kleine Kinder nicht!

Spurwechsel

Als ich 12 Jahre alt war, gab es, wie jedes Jahr, anstelle von Geld für die Zeugnisse eine gemeinsame Urlaubsreise. In diesem Jahr ging es ins Baltikum, also nach Lettland, Estland, Litauen und Russland. Das exakte Reiseziel waren die jeweiligen Hauptstädte Vilnius, Riga, Tallinn und Leningrad (heute

Petersburg). Es war eine organisierte Reise über Jugendtourist, dem Reisebüro der Jugendorganisation FDJ. Zum Glück konnten nicht nur Jugendliche damit reisen, sonst hätte meine Mutter gar nicht mitkommen und ich noch gar nicht fahren dürfen. Aber zusammen stimmte der Altersdurchschnitt dann wieder. (Es lebe die Mathematik!)
Schon die Anreise war ein Erlebnis für sich. Mit dem Zug starteten wir in Berlin. Dann ging es im Liegewagen quer durch Polen. Jeder Waggon hatte seinen eigenen Schaffner, der hier Natschalnik genannt wurde. Er war unter anderem dafür verantwortlich, das wir am Abend frisch bezogene Betten in unserem Liegewagen vor fanden. Doch das war nicht seine einzige Aufgabe. In seinem Dienstabteil blubberte jederzeit ein Kesselchen mit heißem Wasser und daraus wurde auf Wunsch seiner Fahrgäste köstlicher russischer Tee. Den konnte man früh, mittags , abends und sogar nachts bekommen. (Manchmal frage ich mich, wann dieser Mensch mal geschlafen hat.)
Die erste größere Haltestation war der Ort Brest, an der russisch – polnischen Grenze. Hier passierte etwas für mich total aufregendes. Es klopfte und hämmerte unter

unserem Waggon. Dann wurden wir aufgefordert alle auszusteigen. Unser Zug wurde „umgespurt". Das musste sein, weil irgendwie die Gleisabstände nicht mehr zu den Radabständen am Waggon passten. Die Untergestelle mit den bisherigen Rädern wurden deshalb abmontiert und weg gekullert. Neue Radgruppen rollten heran und wurden nun an der Stelle der bisherigen angepasst.
In der Zwischenzeit sahen wir uns ein wenig auf dem Bahnhofsgelände um. Die Leute saßen dort nicht einfach nur so mit ihrem Gepäck, nein, sie hatten auch noch Hühner oder Zicklein dabei. Ein für Bahnhofsverhältnisse völlig fremder Anblick, jedenfalls für mich..Besonders auffällig aber waren zwei von Einheimischen umringte Pferdewagen .Auf ihnen waren so etwas wie ein Kessel auf denen das Wort „KWASS" stand. Natürlich nicht in deutsch, aber ich hatte ja russisch in der Schule gelernt und konnte es entziffern. Aber worum es sich dabei handelte, war mir trotzdem nicht klar. Doch da ich ja von Natur aus neugierig bin, drängelte ich mich hindurch und schaute es mir genauer an. An der schmalen runden Seite des Kessels war ein Zapfhahn angebracht und gegen Bezahlung

(Ich

glaube das kostete 25 Kopeken.) erhielt man einen Becher mit einer bräunlichen leicht schäumenden Flüssigkeit. Zum Glück hatten wir ja schon zu Hause in Deutschland Geld getauscht, sodass ich im Besitz der nötigen Finanzen war. Denn dieses Getränk wollte ich unbedingt auch mal probieren. Eine Reise ist ja schließlich dazu da, dass man etwas über Land und Leute lernt. Und wo geht das besser als direkt vor Ort. Vorsichtig nippte ich an meinem Becher. Hmm! Das schmeckte gut, leicht säuerlich, aber doch irgendwie auch süß. Nur der Geruch....., den fand ich etwas eigentümlich. Wie ich später erfuhr, soll das wohl so etwas wie ein Brottrunk sein. Was auch immer, es war lecker, gut gegen Durst und ohne Alkohol. Wir haben es später während der Reise noch öfters getrunken. Nach etwa 2 Stunden war der Spurwechsel dann beendet und unsere Reise ging weiter, bis nach Vilnius. Ich fand die Stadt ganz toll, die alten Häuser und die vielen bunten Zwiebeltürme auf den Kirchen, selbst der Geruch in den Straßen war irgendwie ... anders. Eben eine für mich fremde Welt. Mit offenem Mund guckte ich staunend herum. Besonders die Menschen dort faszinierten mich. Deshalb nutzte ich die Zeit, die offiziell als Freizeit angesetzt war, dazu, um alleine in der Stadt herumzustromern. Dabei hätte ich mich fast noch verlaufen. Als ich dann in holprigen russisch nach dem Weg zurück zu unserem Treffpunkt fragte, erlebte ich die nächste Überraschung. Antwortete mir der Mann doch auf *deutsch!!!* Ich muss wohl geguckt haben wie das berühmte Karnickel wenn es donnert. Den Mann schüttelte eine gewaltige Lachattacke, wobei sein Bauch nur so wackelte. Nach dem er sich einigermaßen wieder beruhigt hatte, erzählte er mir etwas für mich fast unglaubliches, nämlich das im Baltikum noch sehr viele Leute deutsch sprechen würden und es auch lieber hörten als russisch. Bis zu diesem Zeitpunkt hatte ich Träumerchen noch nicht einmal richtig mitbekommen, dass die Leute hier eigentlich gar nicht russisch miteinander sprechen. Dazu war viel zu viel neues in den letzten Tagen auf mich ein gestürmt und ich war ja, wie gesagt, auch erst 12. Na gut, dachte ich mir, ist halt so. Deshalb habe es als Fakt zur Kenntnis genommen und als akzeptiert gespeichert. So richtig gedämmert hat es eigentlich erst in der heutigen Zeit, nach all den Veränderungen, die

 dort

vor sich gegangen sind.
Während wir so angeregt miteinander plauderten, hatte er mich schon fast bis zum Treffpunkt begleitet, wo ich von meiner Mutter in Empfang genommen wurde. Ihr habe ich natürlich gleich meine Erlebnisse brühwarm heraus gesprudelt. In Riga und Tallinn habe ich danach ähnlich Erfahrungen, die Sprache betreffend, gemacht. Wobei jede Stadt auch noch so ihre touristischen Eigenheiten hatte, besonders was die Erlebnisse betrifft. Zum Beispiel fand ich den Fischmarkt in Riga und den großen Wochenmarkt in Tallinn mit all ihrer Vielfalt faszinierend. Und das tollste war, dass meine Mutter nichts gegen meine Alleingänge einzuwenden hatte. Ich war ja pfiffig genug immer wieder rechtzeitig am jeweiligen Treffpunkt aufzutauchen. Die anderen Reiseteilnehmer hatten natürlich zum Teil davon Wind bekommen, dass ich so allein durch die fremden Städte tigern durfte. Das gab manchmal auch Bedenken oder sogar unschöne Worte. Aber es hat weder meine Mutter noch mich ernsthaft beeindruckt, was diese Kleingeister herum zu kritteln hatten. Gefahren gab es in meinen Augen nicht,

passiert ist auch nichts, also war das in Ordnung. Rückwirkend denke ich allerdings manchmal, dass gerade diese Erfahrungen dazu beigetragen haben ‚meinen späteren Wunsch nach individuellen Urlaubsformen stark zu befördern. Oder bildlich gesprochen: Ich bin lieber ein Einzelgänger als ein Herdentier.
Doch zurück zur Baltikumreise. Mittlerweile hatten wir die letzte Etappe, Leningrad, erreicht. Zum Pflichtprogramm gehörten neben diversen Museen auch der berühmte Panzerkreuzer „Aurora", der den weltverändernden Schuss abgegeben haben soll. Ebenso zur Historie und zum Programm gehörte ein Besuch des Winterpalais. Da interessierte mich besonders das große gusseiserne Tor. Zweifelnd blickte ich es minutenlang an, lief mal zur Innenseite, dann wieder nach außen. Ich konnte mir einfach nicht vorstellen, wie das damals im Jahre 18 mit dem Sturm auf das Palais abgelaufen sein sollte. Wenn das Tor offen gestanden hatte, warum hatten dann die Matrosen daran hoch klettern müssen?Oder war es zu? Wie hatten sie dann den großen Riegel auf bekommen? Oben auf dem Tor waren doch Spitzen. Wie

konnten sie da drüber klettern?Oder war das nur wegen dem dramatischen Effekt im Film so dargestellt worden? Fragen über Fragen. Dazu stand nichts in den offiziellen Prospekten. Doch ich war noch zu unkritisch, um das als Kind genauer zu hinterfragen. Ich hielt es damit, wie mit der Aussage des Mannes aus Vilnius, einfach akzeptierte. Es war halt so und basta. Von dem Panzerkreuzer war ich übrigens sehr enttäuscht. Er sah schon damals ziemlich alt und rostig aus.
Nichts desto trotz war es eine schöne, erlebnisreiche Reise gewesen. Der Rückweg war derselbe wie hin. Also wieder über Brest und die gleiche Prozedur wie auf der Hinreise, aber auf Grund der Reiserichtung in umgekehrter Reihenfolge. Nur der Tee auf der Rückreise war mitunter knapp. Das fand ich schade.

Das Bügeleisen

Waren sie schon mal campen? Einige werden sicher sagen, dass sei etwas für die Jugend. Und diese Leute denken dabei an Zelte, Luftmatratzen, Isomatten, Mücken... usw. usw. Kennen sie aber auch schon die Hotel – Variante? Die war besonders zu DDR – Zeiten sehr gebräuchlich. Wir haben sie unter anderem bei mehreren unserer Reisen in die Sowjetunion verwendet. Dazu wird neben den üblichen persönlichen Dingen wie z.B. Zahnpasta oder Rasierapparat auch Haushaltstechnik eingepackt. Bei uns zählten dazu: eine Wäscheleine, Klammern und ein Bügeleisen. So konnte schnell mal ein Stück ausgewaschen und getrocknet werden. Die Leine wurde irgendwie quer durch das Zimmer gespannt, manchmal sogar zwischen den Stühlen. Und das Bügeleisen wurde benötigt, weil ja etliche der eingepackten Kleidungsstücke beim Transport im Koffer zerknittert worden waren und **so** nicht getragen werden konnten. Bügelfreie Sachen kamen ja erst später auf.
Doch zurück zum Thema Bügeleisen.
Natürlich war es keines von den sonst üblichen

großen, schweren Exemplaren, sondern eine kleine handliche Reisevariante. Dieses begleitete uns auch auf der Fahrt nach Moskau, von der ich hier berichten will. Dort wohnten wir in einem großen schönen Hotel. Jede Etage hatte sogar sein eigenes Servicepersonal in Gestalt einer zumeist etwas kräftig bis korpulent gebauten, handwerklich geschickten und stets hilfsbereiten Dame, die, wie auch in den Zügen, *Natschalnik* genannt wurde. Sie war auch hier dafür zuständig, dass der Samowar ständig heißen Tee herausrückte. Doch das ist im vorliegenden Fall Nebensache. Wichtig ist unser besagtes Reisebügeleisen. Damit wollten wir, wie gewohnt, nach Ankunft im Zimmer unsere Wäsche auf tragbares, knitterfreies Niveau bringen. Gebügelt werden sollte auf dem Zimmertisch, den wir sicherheitshalber mit der Überdecke des Bettes bedeckt hatten. Die Wäschestücke lagen bereit und gleich sollte es los gehen. Doch halt, was war denn das? Der Stecker unseres Bügeleisens und die im Zimmer vorhandene Schukosteckdose wollten nicht vereinigt werden. Es passte einfach *nicht* zusammen! Da standen wir nun, unsere Knitterwäsche auf dem Tisch und das

Bügeleisen in der Hand. Im ersten Moment waren wir ratlos. Dann aber fiel uns die freundliche Dame vom Etagenservice ein. Sie musste helfen! Ich lief also samt Eisen nichts wie hin zu ihr. Mit ein paar Brocken russisch und vielen pantomimischen Arm- und Handbewegungen, versuchte ich ihr unser Problem zu verdeutlichen. Es dauerte eine Weile, aber dann hatte sie es begriffen. Irgendwie wollte sie die Sache aber wohl noch nicht recht glauben. Deshalb folgte sie mir in unser Zimmer, griff dort selbst zum Stecker und versuchte, ebenso vergeblich wie wir zuvor, eine Zusammenführung von Stecker und Dose zu erzielen. Wie sie es auch drehte und wendete, es passte nicht. Mit einem kräftigen Ruck stellte sie das Eisen auf den Tisch und rauschte davon. Das war es also zum Thema Bügeln, dachten wir so bei uns. In diesem Augenblick klopfte es lautstark an der Tür und wir hörten die Stimme unserer Natschalnik. Sie war also doch zurück gekommen! Diesmal hatte sie ein unscheinbares Köfferchen mitgebracht. Daraus kramte sie einen Schraubendreher hervor und blitzschnell hatte sie die Plasteumhüllung des Steckers von unserem Bügeleisen abgeschraubt. Erleichtert, ob der gelungenen Aktion, lachte sie lauthals auf, griff beherzt die beiden nun losen Steckkontakte und steckte diese in die Dose. Damit die Kontakte nicht wieder heraus rutschen konnten, hielt sie sie mit beiden Händen fest. Entsetzt schauten wir erst uns dann sie an. Doch sie radebrechte fröhlich:**"Nun bügeln, dawei!!!"**(Was auf deutsch soviel heißt, wie `beeilt euch, ich habe noch mehr zu tun.`)

Auf so abenteuerliche Weise habe ich danach meine Mutter nie wieder bügeln sehen. Aber das Bügeleisen haben wir noch heute!

Das Glockenspiel

Schon zu DDR-Zeiten sind wir ja mit meiner Mutter sehr viel verreist (siehe auch vorherige Geschichten). In der Regel gab es pro Jahr eine große Tour, zumeist als Belohnung für gute Zeugnisse. Diese Fahrt fand dementsprechend in den Sommerferien statt. Die waren mit damals 8 Wochen lang genug, um viel zu unternehmen. Zumeist fuhren wir mit dem Reisebüro manchmal aber auch mit der Variante für junge Leute, dem Jugendtourist. Meine Mutter war zwar nicht mehr ganz so jugendlich, wie der Rest der Teilnehmer, aber irgendwie funktionierte das immer. Außerdem fuhr sie ja in Begleitung von stets mindestens einem Jugendlichen, nämlich mir. Bei der Tour, über die ich berichten will, waren wir sogar 3 Jugendliche, mein Cousin T. die Tochter einer Arbeitskollegin mit Namen S. und ich.

Unsere Fahrt führte uns in die damalige Sowjetunion, die ein gern und häufig genutztes Reiseziel war. Einer der Etappenorte war die Landeshauptstadt Moskau. Wir wohnten etwas am Stadtrand, in der Nähe des Fernsehturms. Wenn wir in die Stadt wollten, mussten wir mindestens 30 Minuten mit der Metro fahren. Das hat übrigens immer großen Spaß gemacht, weil die Bahnhöfe der Metro so toll gestaltet waren, mit Mosaiks und farbigen Malereien. Jede Station sah anders aus, so konnte man sich gut orientieren.

Doch darum soll es jetzt nicht gehen. Ich will von einem anderen Erlebnis berichten, bei dem wir vier, na ja, eigentlich nur drei von vier, viel gelacht haben. Es war an einem Abend in unserem Hotelzimmer. Wir saßen oder lagen auf unseren Betten und konnten nicht einschlafen, weil der Tag wieder sehr erlebnisreich gewesen war. Da kam T. auf die tolle Idee das Fenster weit aufzureißen. Auf unsere Frage war das denn solle, antwortete er, er wolle das Glockenspiel hören. Nun muss man wissen, es war in Moskau üblich, dass genau um Mitternacht das Glockenspiel des Kremls intonierte wurde. Was man aber nur hören konnte, wenn man sich direkt auf dem Roten Platz oder zumindest in seiner Nähe befand. Zur Erinnerung, wir waren am Stadtrand! Daran dachte T. aber in diesem Moment gar nicht. Während er nun so angespannt, mit dem Kopf aus dem Fenster lauschte, schlich ich mich heimlich in

Richtung Radio. Das war sowieso immer angeschaltet, nur den Stecker musste man zur Benutzung hinein stecken. Es wurde Mitternacht. Klammheimlich schob ich den Stecker in die Steckdose. Und da war es, das Glockenspiel!Laut und deutlich! Im ersten Moment war ich genau so überrascht, denn damit hatte ich eigentlich nicht wirklich gerechnet. Erschrocken wollte ich den Stecker schon wieder herausziehen, doch die anderen bedeuteten mir, damit noch zu warten. T. bemerkte von all dem nichts. Er lehnte weiter aus dem Fenster, „hört" und war begeistert. Zufrieden legte er sich ins Bett, voll in dem Glauben das Glockenspiel im Original am Fenster gehört zu haben. Alle anderen im Zimmer, also meine Mutter, S. und ich amüsierten uns köstlich darüber, ihn so hereingelegt zu haben. Natürlich hatte ich den Stecker dann auch entsprechend schnell wieder herausgezogen, damit er nichts merkt. Nur als er am nächsten Morgen beim Frühstück der ganzen Gruppe stolz erklärte, dass er das Glockenspiel gehört habe, mussten wir die Sache dann doch aufklären. T. war stinksauer, weil wir ihn so verschaukelt hatten, aber der ganze Rest der Gruppe war begeistert.

Am Abend wollten sie es selbst ausprobieren.

Wasser, Wein und Paprika

Meine Mutter hatte schon immer ein großes Organisationstalent. Dieses Mal war es eine Reise nach Ungarn. Wie sie das geschafft hatte, weiß ich nicht. Ich weiß nur, dass eine Kollegin von Ihr mitfuhr. Da ich sie gut kannte, nannte ich sie immer *Tante Gertrud*. Ich weiß noch, zuerst ging es mit dem Zug bis Budapest. (Das war so ein Zug mit einem besonderen Namen. Den habe ich aber leider nicht behalten.) Dort haben wir übernachtet. Am nächsten Morgen fuhren wir mit dem Bus weiter in einen Ort namens Akkaradija.(Die Schreibweise könnte falsch sein, ist aber nicht so entscheidend.) Der Ort liegt übrigens am nördlichen Zipfel des Balaton. Wir wohnten dort privat, bei einem Herrn namens Janosch. Es war ein hübsches Gartenhaus etwa 10 Minuten Fußweg vom Balaton entfernt. Nicht einmal eine richtige Straße war vor dem Haus, nur ein staubiger Sandweg. Wir wohnten alle drei zusammen ein großes Zimmer. Das reichte auch völlig aus, denn wir waren eh den ganzen Tag über unterwegs. Meistens gingen wir gleich im Badeanzug vom Haus los, dann über einen steilen serpentinenförmig angelegten Weg und schon waren wir am Wasser. Es war Sommer und ein ziemlich heißer noch dazu. Unser Hauptziel war das Wasser. Leider ist der Balaton in diesem Punkt ein recht schwieriger See. Ich weiß noch, dass man sehr lange ins Wasser hinein laufen musste, bis man einigermaßen in tieferes Wasser kam und schwimmen konnte. Und da war noch eine Besonderheit im See. Der Grund war sehr schlammig und beim Hineinlaufen quaaatschte der Schlamm immer in kleinen Würstchen zwischen den Zehen hindurch. Als Kind fand ich das ja recht lustig, doch Tante Gertrud und meine Mutter wohl nicht. Jedenfalls besorgten sie sich so ganz komische Gummischuhe. Die konnte man einfach über die nackten Füße stülpen. Vergleichbar sind sie etwa mit den Füßlingen, die man heutzutage manchmal im Sommer anzieht, wenn man keine Strümpfe in den

Schuhen an haben will. Nur das sie eben komplett aus Gummi gegossen waren und an den Fußsohlen so ein geripptes Muster hatten. Damit konnte man im flachen Wasser herum waten, ohne den Quaaatsch-Matsch zwischen die Zehen zu bekommen. Nur beim Schwimmen musste man etwas vorsichtig sein, damit man die Dinger nicht von den Füßen verlor.

Nun war es, wie schon erwähnt, ein *heißer* Sommer. Da wir alle drei gegen Sonnenbrand ziemlich anfällig waren, suchten wir uns meistens einen etwas schattigeren Platz. Manchmal besorgten wir uns auch einen Sonnenschirm. Nun wollten Mutter und Tante besonders schlau sein und hielten sich die meiste Zeit, wenn wir am Strand waren, im Wasser auf. Das kühlte schön und war somit angenehm. Tja, und schon nach wenigen Tagen hatten sie den Salat. Sie hatten nicht bedacht, dass Wasser ja eine reflektierende Fläche ist und auch Sonnenlicht gut zurückwirft. Und wohin warf die Sonne ihr Licht? Natürlich auf die Körper der im Wasser herum paddelnden Personen! Das Ergebnis war ein Spitzenqualität Sonnenbrand. Und zwar so stark, dass sie zwei volle Tage krank im Zimmer lagen. Dabei wussten sie

manchmal gar nicht mehr, wie sie noch liegen sollten. Die Blasen vom Sonnenbrand hatten stellenweise die Größe von Tennisbällen weit überschritten. Und die Menge selbst reichte für eine ganze Tennismannschaft. Unser Janosch gab ihnen den Rat, die Blasen *vorsichtig auf zu stechen.* Das war leichter gesagt als getan, bei der Menge und Größe der Blasen. Zum Glück gingen einige dann schon beim Liegen von selbst auf. Nach einigen Tagen sahen beide aus wie überdimensionale Pellkartoffeln. Für mich hatte die Sache natürlich einen großen Vorteil. Ich konnte alleine zum See marschieren! Dabei lernte ich auch einen Jungen aus der Nachbarschaft kennen. Sprachlich verstanden wir uns zwar nicht, er konnte kein deutsch, ich kein ungarisch, aber mit Händen und anderen Körperteilen bekamen wir sehr schnell heraus, was der jeweils andere sagen wollte. Es waren ein paar sehr nette Tage und eine erste zarte Liebe. Mehr sage ich an dieser Stelle nicht dazu. Leider war er auch nur als Ferienkind dort und nach nur wenigen gemeinsamen Tagen musste er zurück nach Hause. Ich habe ihn leider nie wieder gesehen.
In der Zwischenzeit hatten sich die beiden

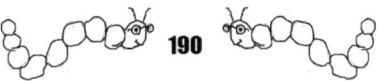

Erwachsenen wieder einigermaßen erholt. Zum Strand wollte sie aber nicht so schnell wieder. Das war *die* Gelegenheit für Janosch! Er hatte schon seit dem ersten Tag ein Auge auf meine Mutter geworfen. Was jene aber nicht wahrhaben wollte. Jedenfalls lud er uns ein, an einer Weinverkostung teilzunehmen. Für mich war das noch nicht so das richtige, außerdem war ja da mein Ferienfreund noch im Ort anwesend. So blieb ich also zu Hause und Janosch, Mutter und Tante dackelten los. Nach etwa drei Stunden kamen alle drei lauthals singend und total beschwipst wieder. Nach eigenen Aussagen hatten sie *gar nicht viel* getrunken. Ja, ja, das war zu sehen und zu hören! Am nächsten Tag waren jedenfalls leichte Kost, ein abgedunkeltes Zimmer und zwei dicke Eisbeutel für den Kopf gefragt. Als Erklärung wurde mir mitgeteilt, dass das *nicht* an der Menge des getrunkenen Weines läge. Vielmehr war es ein Ergebnis der genutzten Örtlichkeit. Die Verkostung hatte in einem kühlen Weinkeller stattgefunden und die anschließende Rückkehr zu Sonne und Hitze hatte das vorliegendes Ergebnis zur Folge. Na gut, wollen wir das mal zu ihrem Gunsten glauben!
An einem der letzten Tage unseres Urlaubs

verkündete Janosch dann, dass er heute für uns alle kochen wolle. Diese Idee wurde mit allseitiger Begeisterung aufgenommen. Er machte ein Lagerfeuer im Garten, stellte ein Dreibein mit einem Kessel darüber und beförderte allerhand Fleisch, Gemüse und Wasser hinein. Dass er beim Umrühren mit dem großen Holzlöffel sang, fand ich ja noch ganz witzig, den Rotwein aber weniger. Ich hatte ja Tage zuvor schon seine Wirkung auf meine beiden Erwachsenen kennen gelernt. Das Kochergebnis war jedenfalls eine mächtig scharfe dicke Suppe. Sehr wohlschmeckend, aber nur mit viel Flüssigkeit zu verkraften. Ich glaube, wir tranken mindestens doppelt so viel Wasser, wie wir Suppe aßen. Am Abend kamen dann noch ein paar Nachbarn dazu, die halfen den riesigen Kessel leer zu essen. Einer brachte sogar eine Gitarre mit. Die Abschiedsfeier dauerte bis spät in die Nacht hinein. Ihr Ende habe ich gar nicht mehr erlebt, weil ich mich irgendwann in unser Zimmer geschlichen habe und eingeschlafen bin. Muss aber noch ein langer Abend gewesen sein, wenn ich so an das denken, worüber sich Mutter und Tante am nächsten Morgen unterhalten haben.

Die Glocken vom Baikalsee

Auch als ich schon verheiratet war, blieb die Reiselust ungebrochen. Wir waren jung und wollten die Welt kennenlernen und die preisgünstigste Möglichkeit dafür hieß, wie stets in diesem Fall, Jugendtourist. So nutzten wir auch in jenem Jahr diese Variante. Wieder ging es in die Sowjetunion, denn die war groß und weit und noch längst nicht restlos erkundet. Dieses Mal sollte es eine sehr exotische Reise werden. Eines der Reiseziele hieß Baikalsee. Wir hatten schon viel von diesem See gehört und es gab ja auch ein ganz berühmtes Lied darüber. „ Herrlicher Baikal.."oder so ähnlich. Auf alle Fälle waren wir sehr gespannt darauf, ihn kennen zu lernen.
Schon die Anreise war ein Erlebnis für sich. Wir fuhren mit einem Luftkissenboot die Angara hinauf. Was heißt fuhren, wir *flogen und hüpften* regelrecht über das Wasser. Das Gefühl lässt sich nur schwer beschreiben, man muss es selbst erlebt haben. Weder Worte noch Filmbilder sind in der Lage das wider zu geben. Unterwegs erzählte der Reiseleiter uns das wunderschöne Märchen über diesen Fluß.

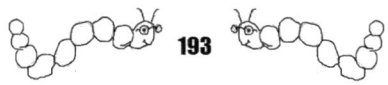

Sinngemäß ging es darum, zu erklären warum die Angara der einzige Fluß ist, der den Baikalsee verlässt. Alle anderen Flüsse fließen nämlich hinein. Ja, in der Geschichte war Angara die wunderschöne Tochter von Vater Baikal. Sie war aber, genau wie wir, recht neugierig und wollte die weite Welt kennenlernen, was ihr Vater natürlich verbot. Also riss sie eines Tages aus und floh Richtung Norden, welches ja noch heute die Fließrichtung des Flusses Angara ist. Die ganze Geschichte war natürlich viel länger und auch noch mit Details ausgeschmückt, die ich aber leider nicht im Gedächtnis behalten habe. Nur diese Grundidee ist bei mir hängen geblieben.

Diese Sage erzählte er uns während der Fahrt auf der Angara. Ab und zu kamen andere Luftkissenboote vorbei, die wir gehörig bestaunten. Wie schnell wir selber fuhren konnten wir ja schlecht sehen, aber an Hand der anderen Boote hatten wir eine Vorstellung davon. Das Wasser spritzte auch ganz schön heftig an die Bordwand wenn unser Boot über die Wellen hüpfte, die die anderen verursacht hatten.

Nach einer Fahrt von etwa zwei bis drei

Stunden sahen wir die Einfahrt zum See vor uns liegen. Wir befanden uns am nördlichen Zipfel des Sees. Dort wurde das Boot langsamer und schwenkte schließlich in einen kleinen Hafen ein. Die meisten Leute die ausstiegen waren Einheimische, die wohl in der großen Stadt auf dem Markt gewesen waren und dann eben noch wir, eine Gruppe von etwa zwanzig jungen Leuten. Das erste, war ich nach dem Aussteigen bemerkte, waren Robben, die um das Boot herum schwammen. Putzig sah das aus. Noch nie zuvor hatte ich welche so nahe gesehen. Den anderen ging es ähnlich. Durch unseren Drang die Robben zu beobachten, verloren wir fast den Anschluss an die Truppe. Doch in diesem kleinen Fischerdorf konnte keiner verloren gehen. Zu Fuß, unsere Koffer mit schleppend, zogen wir zum einzigen Hotel des Ortes. Es war ein mit Holz verkleideter zweistöckiger Bau an einem Berghang mit Schnitzereien als Verzierung an der Fassade.

Nach dem wir uns in der Hotelhalle versammelt hatten, wurden die Zimmer verteilt. Wer nach vorn heraus schaute, konnte über den Ort blicken, die nach hinten sahen auf den Berghang. Wir guckten nach hinten.

Dabei fühlten wir uns wie in einer einsamen Hütte, denn außer einer großen Wiese und dem hohen Wald war nichts zu sehen. Eine herrliche Ruhe herrschte hier. Das Haus war auch gut gedämmt, sodass wir aus den anderen Zimmern keinen Laut hörten. Vom anstrengenden Tag und der Fahrt ziemlich müde, ging es an diesem Tag auch beizeiten ins Bett. Außerdem hatte uns der Reiseleiter für den nächsten Tag eine Wanderung angekündigt, die wollten wir mit frischen Kräften angehen. Also wurde das Fenster weit auf gemacht, um ausreichend frische Luft herein zu lassen und wir sanken in Morpheus Arme.
Am nächsten Morgen weckte uns Glockenklang. Verwundert rieben wir uns den Schlaf aus den Augen. Das man die Glocken aus der kleinen Dorfkirche hier oben am Ende des Ortes so gut hören könnte, hatten wir nicht erwartet. Es war doch nur ein ganz kleines Kirchlein gewesen an dem wir vorüber gekommen waren. Und dann so vielstimmige laute Glocken? Vielleicht lag es an der Nähe der Berge? Oder gab es hier ein Echo? Beide Varianten erschienen uns mysteriös. Wir waren uns einig: Da stimmte irgend etwas nicht!

Das musste genauer erkundschaftet werden. Doch dazu war erst einmal aufstehen die Grundvoraussetzung. Geschwind hüpften wir aus den Betten. Wuschen uns die Schlafkörnchen aus den Augen. Die Glocken läuteten immer noch als wir mit der Morgentoilette fertig waren. War denn heute ein Feiertag? Das hätte uns der Reiseleiter aber sagen können. Aber vielleicht hing damit ja die heutige Wanderung zusammen. Wir konnten uns jedenfalls darauf keinen Reim machen. Also zogen wir die Vorhänge zurück, um die Morgensonne herein zu lassen. Ja verflixt, was war denn das? Wir glaubten unseren Augen nicht zu trauen. Die „Kirche" befand sich auf der Wiese hinter dem Haus! Nur, war es gar keine Kirche. Auf der großen grünen Wiese graste eine riesige Kuhherde! Alle Kühe hatten Glocken um den Hals und die läuteten bei jedem Schritt, den die jeweilige Kuh machte. Jede Glocke hatte einen etwas anderen Klang. Eigentlich ganz praktisch, da konnte kein Tier verloren gehen. Wir hatten jedenfalls unsere „Kirchenglocken" gefunden.
Als wir davon später am Frühstückstisch erzählten, gab es natürlich mächtiges

Gelächter. Nur gut, dass der Reiseleiter nicht auf die Idee kam, uns auch Glocken um zuhängen, damit beim Wandern keiner verschwindet.

Im Heuhotel

Es war Anfang der 90er Jahre als wir auf die Idee kamen, einen gemeinsamen Kurzurlaub zu veranstalten. Wir, das waren eine Truppe von SF- Freunden, samt Familien. Wir orderten über einen ortsansässigen Reiseveranstalter eine Ausfahrt in ein Heuhotel. Das klang nach Spaß und Abenteuer. Der Bus wurde auch problemlos voll. Alle freuten sich und im Bus wurde gesungen und viel gelacht. So ging es gen Norden, in die Lüneburger Heide. Erst eine lange Strecke Autobahn und dann durch viele kleine Dörfchen. Da wir gerade erst die „Wende" hinter uns gebracht hatten, war alles fremd, neu und aufregend. Auch unser junger Busfahrer fuhr zum ersten Mal dort hin. Was zur Folge hatte, dass wir uns gleich erst einmal *ver*fuhren. Aber alles halb so wild. Dadurch bekamen wir einen ersten Eindruck von der Gegend und sahen, dass auch hier nicht alles eitel Sonnenschein war. Im Zielort bemerkten wir sogar Grünspan, der von unten an den Häuserwänden empor wuchs.(Auf was wir damals so alles geachtet haben.)

    Letztendlich erreichten wir am späten Nachmittag doch noch unser Ziel und waren froh uns ausgiebig bewegen zu können. Im Bus blieb uns dafür ja nur der Mittelgang. Außer den offiziellen Rastplatz-Pausen natürlich. Das Heuhotel entpuppte sich als großer Bauernhof. Mitten auf dem Innenhof war eine lange hölzerne Biertischreihe mit zugehörigen Bänken aufgestellt, seitlich davon befand sich ein Basketballkorb und daneben ein großes Scheunentor. Die Begrüßung fiel freundlich aber nicht gerade überschwänglich aus. Während die Kinder schon mal den Hof erkundeten, entluden wir unsere Koffer, um sie

zu den Schlafgelegenheiten bringen zu können. Wir hatten kaum ausgeladen, als unser Busfahrer Anstalten machte zu flüchten. Genauer gesagt, wollte er wieder zurück fahren und gedachte uns in drei Tagen wieder abzuholen. So war das aber nicht geplant! Und das machten wir ihm auch ganz schnell klar. Das war schließlich von uns so gebucht worden. Das Unternehmen aber hatte es aber wohl versäumt, dieses dem Fahrer mitzuteilen. Nun war er es, der hektische Flecken im Gesicht bekam und unsicher wurde. Nach einem Rückruf im Reisebüro wurde aber ganz schnell klar, das er bleiben musste. Er hatte nur leichtes Handgepäck dabei, war gar nicht auf Übernachtung eingerichtet. Laut Prospekt gehörte er nun aber die nächsten Tage uns. Schließlich waren für die folgenden Tage noch Ausflüge in die umliegenden Vergnügungsparks geplant. Sollten wir da etwa zu Fuß los? Leicht süß-säuerlich grinsend fügte er sich in sein vermeintlich unseliges Los. Doch als es nach dem Abendbrot die ersten alkoholischen Getränke gab, hellte sich seine Mine rasch auf.

Sehr viel Gaudi gab es dann bei der Einteilung der Schlafgelegenheiten. Diese befanden sich nämlich oben auf dem Scheunenboden. Dieser war vollkommen mit duftendem Heu ausgelegt. Darauf Decken für drunter und drüber, nebst einem klitzekleinen Kopfkissen. Aber eben alles in einem einzigen großen Raum. Was im Prinzip ja toll war, da wir uns alle gut kannten und somit kein Problem im gemeinsamen Schlafraum für Männlein, Weibelein und Kinderchen sahen. Grüppchenweise wurde der gesamte Heuboden unter uns aufgeteilt. Was natürlich nicht ganz ohne kleinere Raufereien unter den Kindern ab ging. Endlich hatte dann jeder *seine* Schlafstelle gefunden und belegt. Nun gab es nur noch eine Frage zu klären. Wie lösen wir das Problem mit unseren allseits bekannten Scharchern? Die schafften es pro Nacht locker einen ganzen Wald lautstark nieder zumachen. Würden *die* mit im Gruppenschlafraum nächtigen, hätte für den Rest der Truppe die Nachtruhe als Ausfallposten verbucht werden können. Doch auch hier wussten unsere Wirtsleute Rat. Sie mussten wohl schon solche Fälle gehabt haben. Denn sie hatten einen Nebenraum abgetrennt und der wurde nun den Schnarchwürsten zugeteilt. Die Truppe jubelte und alles schien in Butter. Bis...ja, bis die

Nacht kam! Nach den Anstrengungen der Reise hatten wir uns beizeiten in die Waagerechte begeben. Anfängliche leise Gespräche verstummten bald und uns fielen die Augen zu. Leider aber nicht lange. Laute Schnarchgeräusche rissen uns aus dem ersten Schlummer. Wie konnte das sein? Wir hatten doch unsere Schnarcher extra ausquartiert, damit *eben das* nicht geschieht. Keiner konnte sich das so recht erklären.

Am nächsten Morgen, wir waren ziemlich übernächtigt, da nur wenig an Schlaf zu denken war, suchten wir die Ursache. Und fanden sie auch bald. Die Wand zwischen uns und den nächtlichen Sägern war so dünn, dass sie eher noch wie ein Verstärker, denn als Abschirmung diente. Wahrscheinlich hatten auch die Wirtsleute solch starke Nachtsäger noch nicht erlebt, denn sie waren völlig baff, als wir es ihnen erzählten .Für die folgende Nacht wurden die Ruhestörer in den ehemaligen Schweinestall, der weit genug entfernt von unserem Schlafsaal lag, umquartiert. Was zu etlichen sowohl lästerlichen als auch aufmunternden Worten Anlass gab. Aber dafür war in der nächsten Nacht fast Ruhe!.Wir fanden nämlich heraus, dass es in unseren Reihen auch noch Nachwuchsscharcher, also nur ab und an aktive, gab. Doch so müde wie wir waren, konnten wir die dann auch noch verkraften .Zumal wir ja auch von unseren Ausflügen in den Safariepark und den Vergnügungspark und den immer zu lebhaften Kinder den ganzen Tag über beschäftigt gewesen waren. Und um dann vollends Ruhe rein zu bekommen, wurden vor dem Schlafengehen im dunklen Heu noch Gruselgeschichten erzählt. Dabei durfte kein Kind eine Taschenlampe anschalten. Das Rascheln bei jeder Bewegung trug noch zur Verstärkung der Effekte bei. So schafften wir es, dass keines der Kinder mehr durch die Gegend geisterte, sondern still auf seinem Strohbett an die Eltern gekuschelt liegen blieb. Was ja von der Sache her eigentlich ein bisschen (aber nur ein winziges bisschen!) gemein war. Aber in dem Fall zählte das Ergebnis.

      Und wenn mich heute, mit dem Abstand von mehreren Jahren, jemand fragen würde, so würde ich ihm raten, die Erfahrung `Heuhotel` ebenfalls zu machen, denn das ist unvergesslich schön. Besonders wenn man keine Schnarchnasen dabei hat!

Moorgeister

Jeder der in der Lausitz wohnt kennt wahrscheinlich das Dubringer Moor in der Nähe von Wittichenau. Besonders im Sommer ist es immer wieder einen Ausflug wert. Das dachten wir uns auch vor einigen Jahren. Wir, das sind wieder die Leute aus dem SF-Klub. Wenn wir ein größeres Treffen ausgeschrieben hatten, so sollte auch immer ein wenig die Gegend kennengelernt werden. In jenem Jahr nun hatten wir uns, wie schon erwähnt, vorgenommen, dem Dubringer Moor einen Besuch abzustatten. An Con-Sonntag fuhren wir vormittags gemeinsam mit den Fahrrädern bis nach Neudorf, wo wir sie an der Gaststätte `Zelders Teiche` abstellten. Dort trafen wir auch auf unseren Führer, der mit uns durchs Moor wandern und einige interessante Sachen zeigen wollte. Gut gelaunt witzelten wir am Treffpunkt herum. Endlich traf auch die Nachhut ein. Sie waren völlig außer Puste. Die erste Gruppe war wohl doch etwas zu schnell gefahren. Nach dem alle wieder zu Luft gekommen waren, marschierten wir los. Aus Spaß zählten wir vorher die Gruppe durch. Wir waren **zwölf.**

Unser Führer benutzte natürlich nicht nur die offiziellen Hauptwege, die durch das Moor hindurch führten. Da er sich sehr gut auskannte, ging es über Stock und Stein. Manchmal bekamen wir auch ein wenig nasse Füße dabei, denn einige flache Wasserlöcher ließen sich mitunter doch nicht ganz umgehen. Wir aber nahmen es mit Humor und so flog mancher Witz durch die Runde. Unter anderem warnte uns dabei unser Führer vor Wassermännern, Lutkis und den berüchtigten Moorgeistern, die schon Menschen in die Tiefe gezogen haben sollen. Worauf wir natürlich entgegneten uns könne das nicht passieren, es wären ja alle gezählt worden. So streiften wir also weiter. Wir lernten Pflanzen und Tiere des Gebietes kennen und lauschten der einen oder anderen kleinen Anekdote, die immer wieder eingestreut wurden. So wanderten wir fast zwei Stunden durchs Moor. Es wurde viel gelacht. Manchmal blieb der eine oder andere ein Stück zurück, um sich einen Baum oder eine Pflanze nochmals etwas genauer zu betrachten. Aber niemals zu weit. Keiner wollte riskieren im Moor stecken zu bleiben. Schließlich kamen wir wieder zum Ausgangspunkt unserer Wanderung

zurück. Aus Spaß wurde erneut gezählt. Jetzt waren wir **dreizehn!** Alle waren verblüfft. Bis heute weiß keiner von uns, wann der Zählfehler unterlaufen ist, am Anfang oder am Ende der Wanderung. Aber möglicherweise haben wir auch einen Moorgeist oder Wassermann mitgebracht.

Schreck in der Freizeit

Ist Ihnen das auch schon passiert? Sie sind mit einer Reisegruppe in einem fremden Land, es ist Abend und sie haben Freizeit. Weil sie neugierig auf Land und Leute sind, wollen sie auf eigene Faust noch etwas unternehmen.
So ähnlich erging es mir und meinem Sohn auf unserer Reise durch Vietnam an einem Abend in Saigon. Also fuhren wir mit dem Hotel-Shuttlebus in die Innenstadt um Flair zu tanken und etwas außer der Reihe zu sehen

und zu erleben. Da es die Zeit um das Tet-Fest herum war, was das vietnamesische Neujahrsfest ist, war alles festlich geschmückt und herausgeputzt. Es gab eine ganze Menge zu bestaunen. Andere Länder andere Sitten eben, auch bei gestalterischen Fragen. Für uns ungemein interessant. Doch so ein Ausflug macht natürlich auch hungrig. Wir beschlossen also, uns irgendwo an einem hübschen Ort etwas essbares einzuverleiben. Vor den Garküchen, die es überall auf den Straßen gab, hatte uns unser Reiseleiter gewarnt. Das ist etwas, was empfindlichen europäische Kost gewöhnten Mägen nicht bekommt, sagte er mit symbolisch erhobenem Zeigefinger. Blieben nur noch die Restaurants. Davon gab es ja auch jede Menge. Doch wir wollten etwas besonderes, landestypisches. So schlenderten wir immer weiter auf der Suche nach etwas interessantem für unseren Magen. Mittlerweile waren wir bis ans Ufer des Mekong-Flusses, der mitten durch die Stadt fließt, gelangt. Am Ufer lagen viele hell erleuchtete und bunt geschmückte Schiffe von denen Musik erklang. Am Ufer davor standen Tafeln, die jede auf ihre Weise dazu einluden näher zu treten. Doch was stand darauf? Tja,

vietnamesisch müsste man können! Aber alles deutete darauf hin, dass es sich um schwimmende Restaurants handelt. Wenn alle dort hin strömen, muss es ok sein, dachten wir so bei uns und folgten den Leuten und Klängen wie weiland die Kinder dem Rattenfänger von Hameln.

   Siehe da, unsere Wahl entpuppte sich tatsächlich als Restaurantschiff!Und es hatte sogar mehrere Etagen. Wegen der etwas frischeren Brise wählten wir die oberste. Wir nahmen an einem der langen Tische Platz und gaben unsere Bestellung auf (Die Speisekarte war zum Glück in vietnamesisch und englisch!!). Plötzlich ging ein Ruck durch den Schiffsrumpf und unser Schiff entfernte sich vom rettenden Ufer. Ich war mächtig erschrocken und verwirrt. Worauf hatten wir uns hier eigentlich eingelassen? Wohin fuhr das Schiff? Würden wir noch vor Abfahrt des letzten Hotel-Shuttles wieder zurück sein? Das und noch einiges mehr ging mir durch den Kopf. Bevor das nicht geklärt war, konnte ich auch nicht in Ruhe das Essen genießen! Ich schnappte mir also den ersten besten Kellner, den ich erwischen konnte und fragte auf englisch nach all diesen Dingen. Doch er verstand wohl nicht recht was ich von ihm wollte. Deshalb holte er einen Kollegen dazu, der besser englisch verstand als er selbst. Mit seiner Hilfe kam dann Klarheit in die ganze Geschichte. Während die Gäste dinierten, machte das Schiff eine einstündige Hafenrundfahrt und würde anschließend wieder zum Ausgangspunkt zurückkehren. Das hätte aber auch auf der Tafel gestanden!! Plums! Mir fiel ein Stein vom Herzen. Nun konnte auch ich ruhigen Herzens die Aussicht bewundern, den dargebotenen kulturellen Auftritten verschiedener Künstler und Feuerspucker zusehen und das Essen genießen.

  Das letzte Hotel-Shuttle erreichten wir gerade noch rechtzeitig. Am nächsten Morgen wollte der Reiseleiter wissen, wie jeder von uns so den freien Abend verbracht hat. Wir erzählten natürlich von dem Abenteuer Restaurantschiff. Nach einer Schrecksekunde, in der ihm wohl durch den Kopf ging, was passiert wäre, wenn das Schiff nicht zurück gekommen wäre, haben wir gemeinsam herzlich über die ganze Geschichte gelacht.

Der Hot-Pott

Ihr wisst nicht was das ist? Keine Sorge, das soll sich ändern. Bevor wir unseren Vietnam-Urlaub antraten, hätten wir, mein Sohn und ich, mit dem Begriff auch nichts anfangen können. Dabei heißt das übersetzt nichts anderes als „heißer Topf". Doch das sagt alles und doch nichts. Eigentlich ist so ein Hot-Pott ein Riesenspaß. Doch der Reihe nach.
Wir hörten diese Wort, wie schon erwähnt, das erste Mal in Vietnam. Und wie es sich für einen Topf gehört steht er in engem Zusammenhang mit Begriffen wie Küche, Essen, Restaurant. Dank unserer Neugier und eines freundlichen Kellners stießen auch wir in einem Restaurant auf ihn.
Es war in Saigon. Da wir im Hotel kein Abendbrot gebucht hatten, mussten wir also zusehen, wie wir abends unsere Bäuche füllen. Immer im Hotelrestaurant essen, wollten wir aber auch nicht. Wir hatten erfahren, dass abends Shuttle-Busse zwischen Hotel und Innenstadt verkehren. Neugierig wie wir waren, mussten wir das natürlich ausprobieren. In der abendlichen Innenstadt angekommen, stürzten wir uns ins Gewühl der vielen Leute,

die dort unterwegs waren. Wie echte Touris mussten wir erst einmal eine Runde bummeln und gucken. Es war ja alles so fremdartig schön und reizvoll, die angeleuchteten Fassaden, die Plätze voller Menschen, die Geschäfte usw. usw.
Beim vielen Bummeln und Gucken merkten wir erst gar nicht, das unser Magen immer lauter knurrte. Dabei waren wir doch eigentlich des Essens wegen in die Stadt gefahren. Da wir beide, mein Sohn und ich, große Sushi-Fans sind, wollten wir natürlich auch ein Restaurant finden, das uns eine reiche Auswahl dieser Köstlichkeiten bot. Nach dem wir einige inspiziert und verworfen hatten, fanden wir schließlich das gewünschte. Wie wir der Speisekarte, die zum Glück in englisch geschrieben war,entnahmen, war an diesem Abend Buffet mit ganz viel Sushi im Angebot. Und das auch noch zu einem Festpreis, der für uns außerordentlich günstig war. Also nichts wie hinein! Wir fanden auch schnell einen freien Tisch nach unseren Wünschen (mit Fensterblick). Dann begann der Sturm aufs Sushi-Buffet. Nach dem wir uns schon eine ganze Menge davon einverleibt hatten (Natürlich mit Stäbchen, wie es sich gehört!),

trat ein junger Kellner an unseren Tisch. Nachdem er sich höflich erkundigt hatte, wie es uns bisher geschmeckt habe und ob alles zu unserer Zufriedenheit sei, empfahl er uns, doch einmal den Hot-Pott zu probieren. Unseren fragenden Gesichtern entnahm er, dass wir keine Ahnung hatten, wovon er sprach. In einfachem englisch und mit Hilfe der Hände erklärte er uns, dass es sich dabei um einen Topf handelt, der auf einem kleinen Feuer stehe. Zur Erläuterung zeigte er auch zum Nachbartisch, auf dem ein solcher stand. Das wollten wir auch probieren! Das Problem lag jetzt nur noch in der Tatsache, dass es mein Sohn immer sehr scharf liebte, ich aber nicht so sehr. Mit einem breiten Lächeln und der Versicherung, dass **das** kein Problem sei, verschwand unser Kellner. Um wenig später mit dem Topf wieder zu erscheinen. Wir waren gespannt, wie er unser Schärfeproblem gelöst hatte. Ein Blick unter den Deckel offenbarte, die sowohl einfache als auch geniale Lösung. Der Topf hatte in der Mitte eine Trennwand!
Bis jetzt war aber nur heißes Wasser im Topf. Nun eilte der Kellner zum Buffet und kam mit einem Tablett voller Zutaten zurück, um uns

zu zeigen, wie das zu ändern sei. Er bedeutete uns, alles was wir mögen in den Topf zu werfen, also Gemüse, rohen Fisch, Fleisch, Muscheln, Shrimps usw. Dann noch ein paar Handvoll Nudeln dazu, eine Weile köcheln lassen und fertig wäre der Spaß. Man könne dann die gekochten Muscheln, Fischstücke, Nudeln usw mit den Stäbchen herausfischen, essen und immer wieder neue Zutaten hinein werfen, so lange man Lust dazu habe. Eigentlich ganz einfach: hineinwerfen, eine Weile köcheln lassen, herausfischen, aufessen, nachfüllen. Das machte richtig Spaß und auch noch satt. Und am Ende wurde aus dem ursprünglichen heißen Wasser auch noch eine kräftige Suppe. Eine tolle Sache! Über diesem neu entdeckten kulinarischen Spaß musste sogar unser geliebtes Sushi zurückstehen.
So kam es, dass wir uns letztendlich mehr zu unserem Shuttle-Bus rollten als liefen.

Mi – au

Hatte ich schon erwähnt, dass ich die Reiselust von meiner Mutter geerbt habe? Nun, dann will ich heute eine Geschichte von **ihr** erzählen. Auch sie war mehrfach in Südafrika und hat ihren dort lebenden Neffen, meinen Cousin, besucht. Da sie aber leider nicht Auto fahren kann, ist sie darauf angewiesen, dass er Zeit hat und sie herum kutschiert. Was er für seine Lieblingstante natürlich sehr gern macht. Doch leider hat er nicht immer die nötige Zeit. Dann muss sich meine Mutter selbst beschäftigen. Meist geht sie ein Stück spazieren, guckt sich im Ort um oder geht auch mal in die Kaufhalle. Englisch kann sie zwar auch nicht, aber in einer SB-Kaufhalle ist das ja auch gar nicht nötig. Man sieht ja was man kauft. Meistens aber werkelte sie im Garten oder saß einfach nur vor dem Fernseher. Was im Prinzip ja auch in Ordnung ist.
Womit wir beim Thema wären. Mein lieber Cousin ist mitunter nämlich ein rechter Schlumprian. Und so sieht sein Haus manchmal auch eher wie nach dem Durchzug eines Sturms als aufgeräumt aus. Seine Frau

hat es auch im Laufe der Zeit aufgegeben, ihm Ordnung beibringen zu wollen. Sie lässt seine Sachen einfach liegen. Dort liegen sie bis er notgedrungen aufräumt, weil er die Sucherei nach bestimmten Kleidungsstücken gerade wieder mal satt hat. Auch die fünf mit im Haus lebenden Katzen tragen ihren Teil zur Unordnung bei, in dem sie die Sachen beim Spielen verschleppen. So manches Teil fand sich dabei an einem gänzlich anderen Wohnungsende wieder als dem Ort, an dem es sich ursprünglich befand. Auch die Möbel bleiben leider nicht von ihnen verschont. Wer selbst Katzen hat, weiß sicher was ich meine. Zum Krallenschärfen eignen sich besonders Möbel und Sofas. Diesen jedenfalls hatten es besonders die schon etwas altersschwachen Stoffsessel angetan.

Nun saß meine Mutter eines Tages wieder einmal allein im Haus vor dem Fernseher und langweilte sich. Das war etwas, was ihr gar nicht behagte, denn sie ist ein Ordnungstyp. Und kann Unordnung auf den Tod nicht ausstehen. So begann sie also das Haus aufzuräumen, zu putzen, die Fenster zu reinigen und Staub zu saugen. Als sie damit fertig und noch immer keiner da war, sah sie

sich um, wo sie sich *noch* nützlich machen könnte. Ihr Blick fiel auf den Fernsehsessel. Von den Katzen reichlich zu Krallen wetzen benutzt, hingen an den Ecken Stoffstreifen herunter und der Unterbodenstoff lag stellenweise am Boden. Erfreut darüber, noch ein Tätigkeitsfeld gefunden zu haben, griff sie zum Nähzeug und befestigte alle Stoffstreifen wieder fein säuberlich am Sessel. Danach drehte sie kurzentschlossen den Sessel um und reparierte auch noch den Unterboden.
Wenig später traf mein Cousin im Haus ein und staunte über Mutters Tagwerk. Er bekam zwar bei ihrer Schelte ein wenig rote Ohren, doch ich glaube kaum, dass das von Dauer war. Kurz danach kam auch seine Frau von der Arbeit . Auch sie war begeistert von Mutters Tagesbeschäftigung.Außerdem war es für sie eine große Erleichterung, hatte sie doch dadurch viel mehr Freizeit.
Nach dem Abendbrot machten es sich dann alle drei vor dem Fernseher gemütlich und unterhielten sich. Zu mindestens so lange bis mein Cousin meinte, es wäre an der Zeit, die Katzen zur Fütterung herein zu rufen. Was er auch tat, nach dem er ihre Teller gefüllt hatte. Nicht lange und vier von fünf Katzen hatten

sich eingefunden. Die fünfte aber blieb verschwunden. Zuerst wurde Mutter befragt, ob sie diese im Laufe des Tages gesehen hätte. Hatte sie aber nicht. Nun herrschte große Aufregung. *Wo war die fünfte Katze?* Haus und Garten wurden gründlich durchsucht. Ohne Erfolg. Auch auf Lockrufe reagierte sie nicht. Erschöpft ließen sich alle im Wohnzimmer nieder. Plötzlich hörten sie ein Kratzen und ein leises *MIAU.* Alle sprangen hoch. Hatte sich die Katze vielleicht hinter dem Schrank verklemmt, oder steckte im Schrank,oder hinter einer Tür.....Erneut wurde alles abgesucht. Doch die Katze war und blieb verschwunden. Und wieder hörten sie es kratzen. Wieder kam ein kläglich leises *MIAU.* Wie Indianer auf dem Kriegspfad schlichen alle durchs Zimmer. Sie *konnte* nur hier sein! Aber wo? Sie hatten doch schon alles durchsucht!?! Durch Zufall standen sie gerade in der Nähe des Fernsehsessels, als ein neues mautzen ertönte. Das war doch nicht möglich?? Oder doch? Das *MIAU* kam **aus dem Sessel**!!! Mein Cousin und seine Frau guckten Mutter an. Die gestand schuldbewusst, den Sessel repariert zu haben. Eine Katze habe sie dabei aber nicht bemerkt.

Mit einer großen Schere wurde nun der Boden des Sessels wieder aufgetrennt. Siehe da...heraus sprang die mächtig verärgerte fehlende Katze. Sie hatte sich in einem Hohlraum des Sessels ein gemütliches Schlafplätzchen geschaffen. Von dem hin und her drehen des Möbelstücks wollte sie sich nicht stören lassen. Katzen haben zum Thema Ruhe nun mal ihre eigene Meinung. So hatte sie den versperrten, weil zugenähten, Ausgang erst bemerkt als sie Hunger bekam. Logisch, dass sie sich darüber lauthals beschwerte. Sonst wäre sie ganz sicher nicht gefunden worden.

Genetik

Gibt es ein „Reise-Gen"? Also ich glaube, in unserer Familie schon. Und da ist es sogar erblich. Ich sehe vor meinem inneren Auge fragende Gesichter und abwinkende Hände, vielleicht sogar abwertende Gedanken in Bezug auf meinen möglichen Geisteszustand. Doch ich kann alle beruhigen, ich bin sowohl körperlich als auch geistig voll auf der Höhe der Zeit. Und das mit dem Gen, werde ich auch gleich klären, dauert aber etwas, weil ich da weiter ausholen muss.

Ausgangspunkt des Ganzen ist meine Mutter. Auch sie war schon immer neugierig auf die große weite Welt. Als sie jung war, konnte sie aber nicht so herum reisen, wie sie es gern gewollt hätte. Es war Krieg und da waren andere Prioritäten notwendig. Als der dann endlich zu Ende war, ging das auch noch nicht. Gerade erst hatte sie mit ihrer Mutter Ruhe gefunden nach einem langen und beschwerlichen Treck, der sie vom heutigen Polen nach Deutschland geführt hatte. Einige Jahre später heiratete sie und dann erschien ich auf dem Parkett. Inzwischen war mehr als genug Ruhe eingezogen in Mutters Leben und

sie konnte auch wieder ans Reisen denken. Die bevorzugten Reiseziele lagen zunächst alle innerhalb des Landes, Ostsee, Thüringen, Erzgebirge, Harz, je nach Jahreszeit, Geldbeutelstärke und anderen notwendigen Voraussetzungen. Und ich war natürlich immer mit dabei! Später dann, als ich schon ein Schulkind war, sollten die Reisen nicht einfach nur der Erholung dienen. Oh nein! So eine Reise war eine Prämie, ein Lob, eine Auszeichnung. Nun und wofür kann ein Schulkind wohl ausgezeichnet werden? Für gute Leistungen und Zensuren natürlich! Also richtete sich das Reiseziel nach den erbrachten Leistungen in der Schule. Tja und dann gab es da noch ein Handicap. Westlich von uns war Zick, Tabu, nicht möglich. So ging es halt gen Osten und ein Stücklein südlich. Doch auch da gab es ja ein weites Feld zu bereisen. Polen, die damalige Tschechoslowakei, Ungarn und im besonderen Maße die Sowjetunion wurden erkundet. Davon habe ich ja einiges schon in den anderen Geschichten erzählt. Hier in Kurzform noch einige weitere Reiseerlebnisse:

In Polen zum Beispiel gab es für mich sehr interessante Städte. Ich erinnere mich noch genau daran. Als wir unsere Städtereise machten, war eine der Stationen die Stadt Krakau. Hier wollte ich unbedingt in eine spezielle Kirche, weil sich dort ein besonderer geschnitzter dreiteiliger Altar befand. Nicht etwa das ich besonders gläubig wäre, aber ich hatte zuvor einen Kinderfilm gesehen, der hieß „Der Saffianschuh". In diesem Film ging es um einen kleinen Jungen der gern Schnitzer werden wollte und dann über mehrere Stationen an den Meister Veit Stoß geriet. Der aber hatte vom König den Auftrag erhalten, eben jenen Altar herzustellen. Als die Arbeiten abgeschlossen waren und die große Besichtigung stattfinden sollte, bemerkte jemand, dass einer Bischofsfigur der Stab fehlte. Der Junge, schon in seinem Festtagsstaat und den neuen Saffianschuhen kletterte also nochmals am Altar hoch und gab der Figur den Stab in die Hand. Beim Abstieg rutschte er dann ab und einer der teuren neuen Saffianschuhe fiel hinter den Altar. Wo er angeblich bis heute liegen soll! So etwas faszinierte mich als Kind natürlich gewaltig, mal abgesehen vom kulturhistorischen Lerneffekt, der damit erreicht wurde (Und von dem bis heute noch etwas hängen geblieben ist!)

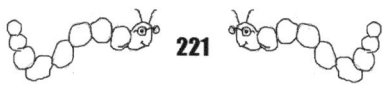

Ja und als wir in der hohen Tatra waren, wollte ich unbedingt wissen und sehen, wo und wie Edelweiß wirklich wächst. Oder in Ungarn, wo ich mich am Balaton zum ersten Mal verliebte. Und noch viele andere Sachen und Geschichten, die irgendwann noch erzählt werden wollen.

Doch zurück zum Reise-Gen und seiner Vererbung. Irgendwann zwischen all den Reisen wurde ich erwachsen, heiratete und bekam selber Kinder. Die hatten nun das große Glück, eine massive Förderung dieser Erbanlage zu erhalten. Das geschah zum einen dadurch, dass wir, als ihre Eltern, jedes Jahr eine Urlaubsreise mit ihnen machten. Und zum anderen dadurch, dass sie zusätzlich noch in den Genuss mindestens einer weiteren Reise pro Jahr mit ihrer Oma, also meiner Mutter, kamen. Was summa summarum mindestens zwei Reisen, ergo die doppelte Dosis Reise-Gen Förderung ergibt.

Als dann die Mauer und damit die Beschränkungen in Richtung westliche Hemisphäre fiel, stürzten wir uns natürlich sofort auf neue Reiseländer und – ziele, aber immer mit unseren Kindern.

Auch sie wuchsen mit der Zeit heran und

beschlossen irgendwann die Welt auf eigene Faust, ohne ihre Vorfahren, zu erkunden. Unsere Kinder wurden flügge! Somit waren jetzt drei reisende Generationen rund um den Globus unterwegs. Die Oma machte Seniorenreisen bis nach China und Mexiko, wir Eltern hatten Afrika für uns entdeckt und die Kinder zogen mit Rucksack und Wanderschuhen durch russische Gebirge, campten bei Nomaden und Viehhirten und ritten auf Kosakenpferden durch die Steppe. Inzwischen ist eines meiner Kinder so weit sesshaft geworden, das eine eigene Familie daraus entstanden ist. Und auch sie reisen nun in Familie, sogar bis nach Australien und sehen den Kängurus beim Hopsen zu. Womit wir schon bei der vierten Generation der Weitergabe des Reise-Gens wären!

Und nun versuch mir mal einer zu sagen, es gäbe dieses Gen nicht!

Urlaubsromantik

Es ist Nachmittag. Ein Nachmittag ganz für mich allein, mitten in der Natur. Zeit, den Tönen zu lauschen, die von allen Seiten zu hören sind. Da ist das zarte „ziwitt, ziwitt" eines mir unbekannten Vogels. Dazu ein trompetenähnliches „grag, grag" eines anderen. Vermutlich ist das ein Schwan. Genau weiß ich es aber nicht. Um mich herum summen Schlupfwespen, Bienen und Fliegen. Zu meinem Glück ist nicht eine einzige Mücke dabei. Dann wäre es mit der Ruhe vorbei, denn ich würde vor ihnen flüchten. Dafür knarzen im Hintergrund ein paar Bäume. Manchmal höre ich Laute, die wie herunter fallende Eicheln klingen. Der Wind streift sanft durch die Wipfel. Jetzt stimmen noch einige frühe Frösche in das Waldkonzert ein.
Und ich sitze einfach nur auf der Terrasse des Ferienhauses und lausche ihnen allen. Kein Straßenlärm dringt bis hier her und stört die Stimmen der Natur. Herrlich! Vogelschatten gleiten über das kleine Holzhaus. Pfeilschnell rast eine Taube vorbei. Wohin fliegt sie so eilig? Irgendwie fühle ich mich als Mensch hier ganz klein und unbedeutend. Ich passe nur

so lange in dieses Bild wie ich mich nicht rühre und den Waldfrieden störe. Ja, hier bin ich nur geduldet!
Auch der Weg bis zum Haus hat sich der Natur angepasst. Er besteht nur aus festgefahrenem Waldboden, nicht künstliches. Geschweige denn Beton oder Asphalt! Das wäre Waldfrevel. An manchen Stellen hebt sich keck eine dicke Baumwurzel aus der Erde, so als wolle sie dem Fremdling Auto auf dem Weg zum Haus ein Bein stellen.
„Wittwittwitt" tönt es als Antwort auf meine Überlegungen von der Seite zu mir herunter. Verstehen kann ich die Vogelsprache leider nicht. Aber sie klingt freundlich in meinen Ohren. Vielleicht erzählt sie den anderen gerade von den gefundenen Beeren im Wald. Oder dem klaren Wasser des kleinen Sees. Von den Beeren habe ich auch schon genascht, köstlich süße Blaubeeren, Himbeeren und sogar einige Preiselbeeren. Oder berichtet der Vogel von den Schirmpilzen, die direkt unter unserer Terrasse wachsen. Für uns Menschen sind sie leider nicht mehr verwendbar. Sie sind schon zu alt, etwas vertrocknet und abgeknickt. Aber warum sollten sie denn nicht noch als Futter für die Waldtiere Verwendung

finden? Und was auch dafür nicht mehr geeignet ist, geht eben wieder zurück in den Kreislauf der Natur. Werden – wachsen – vergehen, so ist das nun einmal.

Langsam wird es Abend. Die Stimmen des Waldes ändern sich. Die Vögel gehen zur Ruhe. Bald wird die Nacht herein brechen, andere Stimmen werden erwachen. Die Sonne verlischt rasch hinter den Bäumen. Und außer dem Mondlicht gibt es hier draußen keine Beleuchtung. Unser Ferienhaus wird zu einer Insel des künstlichen Lichtes mitten im Wald. Für mich geht wieder ein romantischer Ferientag zu Ende.

Meine bisherigen Bücher:

2008 „Daumen drauf"

2011 „Virus Africanis"

2011 „Was Opa so alles weiß"

2013 „Affenknacker für Wiederholungstäter"

2014 „Ein Affe am Frühstückstisch"

2015 „Der Geschichtenbrunnen"

Anthologien

2015 „Winter Weihnacht Wunderbares"

2016 „Geheimakte Rumpelstilzchen"

2016 „Die Viecher sind schuld !"

weitere Informationen siehe:

www.hoyafrika.de

Impressum

Bibliografische Informationen der Deutschen Nationalbibliothek:
Die Deutsche Nationalbibliothek verzeichnet diese Publikation in der Deutschen Nationalbibliografie; detaillierte bibliografische Daten sind im Internet über http://dnb.d-nb.de abrufbar.

Text: Iris Fritzsche
Coverbild: fotolia / © citrodelia
Illustrationen: Peter Grommel
fotolia/ © laudisenio;
© yummytime;© katerina_dav
© gesina ottner;© Style-o-Mat
© Annika Gandelheit;
© gilbertc; © Frog 974
© Alexander Pokusay
© milanaadams; ©~Bitter~;
©ufotopixl10;©doublebubble_rus
Umschlaggestaltung: Iris Fritzsche
Layout: Iris Fritzsche

Die Personen und Namen in diesem Buch sind frei erfunden.Ähnlichkeiten mit lebenden Personen sind zufällig und nicht beabsichtigt.

© 2. überarbeitete und erweiterte Auflage

Über mich:

Geboren bin ich in der sächsischen Oberlausitz, in der schönen Stadt Löbau. Seit 1961 wohne ich in Hoyerswerda. Wo ich auch noch heute als Taxifahrerin tätig bin.
Begonnen habe ich mit dem Schreiben bereits während der Schulzeit. Damals waren es Gedichte und private Reiseberichte für die Familie. 2006 traf ich die, leider viel zu früh verstorbene, Autorin W.Skoddow. In dem von ihr geleiteten Schreibzirkel erwarb ich das notwendige Rüstzeug für meine eigene schriftstellerische Tätigkeit. 2008 erschien mein erstes Buch, dem bis heute fünf weitere folgten. Seit 2011 bin ich Mitglied im FDA-Sachsen (Autorenverband) und seit 2016 bei "Fundus Artifex", einem europaweit tätigen Netzwerk von Künstlern verschiedener Richtungen.

© 2016

Herstellung und Verlag:
BoD – Books on Demand, Norderstedt

ISBN: 9783743116498